사
이
코
패
스

[리:플레이]

사이코패스

박상현 희곡집

제철소

서문

하늘연못

20여 년 전 어느 날 꿈을 꾸었다.

검은 하늘 저 위로 물결이 찰랑찰랑했다. 하늘 위에

연못이라……

나는 떠났다.

떠날 때는 돌아올 데가 없다고 여겼으나, 떠나고 나

니 돌아갈 날을 세고 있었다.

또다시 연못이 하늘 위로 오르는 꿈을 꾸었다.

남루한 짐을 싼다.

저기 해가 떨어지려 하는데 떠남이라니…….

늙은 농부는 등이 굽고 힘이 빠질 때까지 밭을 갈
고,
상처 깊은 무사는 무딘 칼을 우물 속에 던지고 숲으
로 들어간다.

2024년 8월

박상현

수록작 초연 기록

* 연극 〈오슬로에서 온 남자〉는 2022년 10월 28일부터 11월 13일까지 대학로 나온씨어터에서 공연되었다. 연출 박상현, 배우 강애심, 엄옥란, 백익남, 정나진, 이동영, 이상홍, 박윤정, 문현정, 김민주, 강연주가 참여했다.

* 연극 〈사이코패스〉는 2012년 9월 22일부터 10월 7일까지 남산예술센터 드라마센터에서 공연되었다. 박상현 연출에 류태호, 김학수, 안민영, 강진휘, 유성진, 이동영, 김태근, 박윤정, 이필주, 정대용, 전선우, 정양아, 황미영, 이정호, 곽동현, 박하늘이 출연했다.

* 연극 〈치정〉은 2015년 11월 19일부터 12월 6일까지 남산예술센터 드라마센터 무대에 올랐다. 연출 윤한솔, 배우 황미영, 최지연, 최문석, 정양아, 임정희, 이동영, 유성진, 박하늘, 박기원, 박근영, 김효영, 김문식, 곽동현이 함께했다.

* 연극 〈고발자들〉은 2017년 9월 22일부터 10월 15일까지 대학로 나온씨어터에서 공연되었다. 박상현이 연출을 맡고 정나진, 최지연, 양동탁, 이동영, 김태훈, 정양아, 황미영, 김철진, 이장환, 박근영, 박하늘, 김청순, 최지현이 출연했다.

차 례

오슬로에서 온
남자

―희곡 대사 중 한 줄 띄우기는 침묵, 분위기 전환, 연출적 변화 등을 위
 한 것이다.
―극 중 '오슬로에서 온 남자'는 2017년 12월 21일 김해시에서 사망한
 채 발견된 노르웨이 입양인 채성욱(얀 소르코크) 씨에게서 모티프를 가
 져왔음을 밝힌다.

등장인물	남자 여럿
	여자 여럿

공간	등산로 또는 둘레길
	공인중개사 사무실
	거실
	지하 연습실
	식당 홀

1.
사리아에서 있었던 일

등산로 또는 둘레길.

아무런 관계도 아닌 중년의 남녀. 둘은 산길의 한적한 곳, 바위 또는 나무둥치에 앉아 있다.

남자 거기가 트리아카스텔라였죠?

여자 트리아카스텔라에서 다시 만나……

남자 트리아카스텔라에서……

여자 사리아까지.

남자 참 그 길엔 별들도 많아요. 에스텔라―별의 마을, 트리아카스텔라―별 셋, 그러니까 삼성, 그리고 산티아고 데 콤포스텔라―별빛이 모이는 들판……. 우리가 만났던 곳은 다 별하고 관계가 있네요.

여자 트리아카스텔라는 별하고 관계없어요. 카스텔―성이에요.

남자　그래요, 성―스텔라. 트리아―삼, 스텔라―성!

여자　아니, 별 성이 아니라 성 성, 안시성, 프라하성 할 때 그 성. 스텔라가 아니라 카스텔에서 온 거예요. 영어로 캐슬!

남자　그런가요? 그런데 거기에 성은 없었던 것 같은데요. 더구나 성이 세 개라니……. 그냥 지나쳐 가서 못 본 건가……?

여자　그러니까 우리가 사하군 지나면서 헤어졌고, 트리아 카스텔라 지나서 다시 만났죠.

남자　열하루 만에…….

여자　비 그친 들판에서, 그쪽은 소를 보고 있었어요.

남자　그랬죠. 그쪽이 다가오는 것도 모르고…….

여자　그날은 아침부터 비가 왔었죠. 트리아카스텔라에서 숙소, 그러니까 알베르게를 출발하자 시골길, 산길이 이어졌고, 그래요, 마을에 들어서자 길 여기저기에 아휴, 소똥이, 그리고 냄새……. 그런데 그게 좀 지나니까 친근한 느낌으로 바뀌더라구요, 우리 시골길같이. 처음 맞은 마을을 지나고는 마을 같은 마을이 없었어요. 인가는 드문드문한 게, 짙은 숲길이 한참 이어지고…… 빗줄기가 가늘어지면서 갑자기 확

트인 들판이 다가왔죠. 그러자 또 저만큼 소가 몇
마리 보였고…….

남자 검은 소를 보고 있었어요. 몸집이 우람하고 뿔이 길
게 휘어졌더라구요. 벽화에 있던 그 소, 동굴 벽에
그려진 소처럼.

여자 비프스테이크를 떠올리고 있었던 게 아니구요? 미
안. 알타미라동굴이 스페인 북부에 있죠, 아마.

남자 그 소 눈망울이 참 아득하다 싶었죠. 구석기시대 인
간들을 그런 눈으로 봤겠구나…….

여자 네안데르탈인도 봤겠지요.

남자 그렇겠네요. 네안데르탈인들이 여섯 넷 둘 사라지
면서 호모사피엔스가 들판을 지배해가는 것도 지켜
봤겠어요. 이 호모사피엔스란 것들은 왜 이렇게 빨
리 변해가지?

여자 굿바이 호모네안데르탈렌시스!

여자 처음 우리가 어떻게 헤어졌죠? 그게 참 아리송해요.
에스텔라에서 처음 만났잖아요. 저는 순례길 들어
서고 여섯째 날이었죠. 양쪽 발에 다 물집이 생겨 더
이상 걸을 엄두도 못 내고 알베르게에서 죽치고 앉
아 있었어요. 그런데 바늘로 물집을 따주는 마을 할
머니가 있다는 거예요. 할머니네 집을 찾아 찔득찔

득 갔는데, 그쪽이 거기에서 할머니한테 발을 맡기고 있었어요. 그날 마을 식당에서 함께 순례자 메뉴로 포크스테이크를 먹고, 열흘 넘게 함께 걸었죠. 처음 출발할 때, 한국 남자하고는 같이 안 걷겠다고 했는데.

남자 저도 한국 여자하고 길동무를 할 줄은 몰랐습니다.

여자 사아군 지나서, 제가 앞서갔죠. 그쪽은 뭘 좀 적고 가겠다고 해서 뒤에 남았고. 한 시간쯤 걷다가 나무 그늘을 하나 잡고 앉아 기다렸어요. 한참을 기다렸는데도 오질 않아서…… 되돌아갔죠. 아니, 되돌아가다가 이거 뭐냐, 천천히 가다 보면 만나겠지……. 그다음, 마을 이름은 기억나지 않지만, 다음 마을 알베르게에서 일단 배낭을 내려놨어요. 그날 그쪽을 보지 못했죠.

남자 우리 사이에 갈림길이 있었던 것 같아요. 뒤늦게 쫓아가다 들어선 길이 순례길에서 벗어났나 본데, 드물지만 거기도 걷는 사람들은 있었어요. 배낭을 내린 마을엔 알베르게도 있었고 순례자 레스토랑도 있었어요. 돌아갈까, 더 질러갈까 하다 그냥 주저앉았죠. 카사…… 카사…… 카사 밀로 아니, 카사 미요라고 하는 레스토랑에서 저녁을 먹고, 셰프가 쿠바 사람이라고 했는데, 추가로 비노 틴토 한 병 마시고……. 숙소에 돌아와 침대에 누웠는데 맞은편 벽, 조금 높은 데에 눈길을 확 당기는 그림이 하나 걸려 있더군요. 눈을 두 번 끔뻑이니까, 작은 창으로 파란, 그러니까 그림 속의 밤하늘처럼 코발트색 하늘이 보였고, 하늘 가운데 노란 달이 걸려 있었어요. 창틀이 액자였던 거죠.

여자   그렇게 한 열흘 각자 걸은 거죠. 마침내 트리아카스텔라에서, 들판에서 소를 바라보고 있는 그쪽을 발견하곤 뒤에서 놀래킬까, 확 안아볼까 하다가 말았어요. 등이 크고 높아서. 아니, 배낭을 메고 있어서…….

남자   다음 날엔 그 마을을 일찍 벗어나 걷고 헤매고 걷고 헤매다 레온에 도착했어요. 아마 40킬로는 훨씬 넘게 걸었을 거예요. 거기서는 호텔을 잡고 이틀을 머물렀죠.

여자   나는 그 멋진 도시를 눈으로만 감상하면서 지나쳤는데. 아, 레온에 닿기 전에 그 앞 마을에서 하루를 묵었거든요. 많이 쳐졌다고 생각했죠. 쓸데없이.

남자   이틀 동안 오후 내내, 저녁 내내 길에서 보냈어요. 골목을 걷거나 노천 카페에서 차를 마시고, 카페를 옮겨서 맥주 마시고, 노천 레스토랑에서 천천히 식사를 하고, 비노 틴토를 마시고…….

여자	노천에서.
남자	노천에서.
여자	좋았겠다.
남자	지나가는 여자들 보려고. 6주 동안 드라이에이징 했다는 비프스테이크집도 찍어놓고, 레온에서 최고라는 파에야도 알아보고, 아, 중국집도 찾아놓았죠. 사우스차이나. 중국 음식하고 태국 음식하고 섞여 있는, 양배추김치도 있는 중국 뷔페식당.
여자	뭐야, 자기 혼자 잘…….
남자	뭐가 좋았겠어요, 혼자…….
여자	아우, 개새끼! 우리 트리아카스텔라에서, 사리아로 가다가, 한참 헤맸잖아요. 길을 잃고 이정표를 찾아서 헤매다, 그러다가 남의 농장에 들어가서는…….
남자	개를 만났죠. 수소 반만 한 개가 송곳니를 보이고 입가에 거품을 흘리면서…….
여자	그때 죽는 줄 알았어요. 짐승 무서운 게 이런 거구나……. 제국의 맹견다웠다고나 할까.
남자	무작정 뛰었죠, 뒤도 안 돌아보고. 그런데 컹컹 소리가 점점 멀어진 걸로 봐선 그 개 묶여 있었을 거예요.
여자	비겁한 남자. 나보다 앞서 뛰었잖아요.

남자	하하하, 그길로 사리아까지 뛴 것 같아요. 사리아에 들어서면서 무슨 폭죽 소리가 들렸었죠. 환영의 폭죽?
여자	어디 근방 군부대에서 포격 훈련을 하고 있었겠죠.
남자	산길에서 만난 스페인 군인들, 순 오합지졸, 총을 메고 안고 거꾸로 들고, 털레털레, 당나라 군대처럼…….
여자	당나라 군대가 뭐요, 당시 세계 최강의 제국이었는데.
남자	그래도 을지문덕 장군한테…….
여자	그건 수나라.
남자	수나라나 당나라나.
여자	그런데…… 사리아에서, 왜 새벽에 그렇게 일찍 떠났어요?
남자	……미안해요. 인사도 없이 먼저 출발했죠. 길에서 또 만나겠지…….
여자	부스럭거리는 소리에 눈을 떴는데 그쪽이 배낭을 꾸리고 있잖아요, 밖은 아직 시커먼 것 같은데. 나도 일어나야겠다 하는데, 마치 출동하는 군인처럼 후다닥 나가더라구요. 밖에서 기다리겠지. 그런데 짐 꾸려 나가보니 밖엔 검고 싸늘한 공기만……. 새벽, 마을 공동묘지를 지나고 나서 랜턴이 깜박거리고, 검

은 숲길을 한참 더듬어 가다 보니 뿌옇게 동이 트면서 부슬부슬 부슬비가 내리기 시작하더군요. 뭐, 혼자 걷는 것도 좋다. 정말 좋다! 적막 속에 가는 빗소리, 젖은 발소리…….

남자   사리아에서, 저녁에 벨기에에서 온 노인을 만났잖아요.

여자   음…… 네, 기억나요. 레스토랑에서, 옆 테이블이었죠. 식사를 하다가…… 머리가 새하얗고 파란 눈이 매서웠는데, 어느 쪽에서 말을 시작했더라……?

남자   그 노인이 먼저, 코리안이냐고…….

여자   아, 코리안이 왜 카미노에 이렇게 많이 오냐고 했죠. 와이 아 데어 소 매니 코리안스 인 카미노?

남자   코리아에도 가톨릭이 많다고, 그쪽이 그렇게 대답했죠. 먼저 답해주길 잘했어요. 내가 대답했으면 코리안들은 냄비 속 팝콘 같아서, 한번 뭐가 좋다고 하면 지랄같이 몰려들고, 몰려가는 기질이 있다고…….

여자   한국전쟁 때 참전했다고 했죠.

남자   6·25 때 벨기에군이 참전을 했어요. 동두천에 가면 벨기에룩셈부르크군 참전비가 있거든요.

여자   비…… 비바리오 소령! 한강 근방에서 중국군하고 전투를 했댔어요.

남자 그 소령은, 노인이 아니라, 그분 삼촌이 참전했다고 했죠. 노인 연배라면 그때는 아마도 아이였을 거예요.

여자 줄리앙, 줄리앙 비바리오!

남자 임진강에서, 벨기에군하고 중공군 간에 전투가 있었어요. 이틀 밤낮을 치열하게 싸웠답니다.

여자 언제 또 공부를 하셨을까?

남자 그 양반 말투가 갑자기 바뀌기 시작했어요. 다시 물었죠. 코리안이 왜 여기를 오느냐. 돈 츄 해브 애니웨어 투 월 인 유어 컨츄리?

여자 한국에선…… 산에서는 사람에 치이고 길에선, 콘크리트 길을 걷다 보면 발은 아프죠, 트럭은 빵빵거리죠…….

남자 이 영감 왜 목소리에서 이렇게 쇠 냄새가 날까? 차갑고 날카로운 쇳소리…….

여자 그래요, 뭔가 시비를 거는 투였어요.

남자 마이 엘디스트 도터 이스 코리안. 처음엔 그게 무슨 소린가 했죠. 벨기에 사람의 큰딸이 코리안이라니. 몇 초 뒤에야 그 뜻을 알아챘죠.

여자 아, 그렇군요. 그럼 따님은 한국에 와봤겠네요.

남자 노.

여자　와이……?

남자　코리안들은 왜 자기 것들을 잘 쓰고 잘 간직하고 잘
　　　키우지 못하고, 왜 걷는 것까지 남의 나라에 와서 하
　　　는 거지?

여자　……그쪽, 식사도 안 마치고 레스토랑을 나갔죠.

남자　한참을 그냥 걸었어요. 골목골목 걷다가, 타운 외곽
　　　까지 나가 들판을 걷다가…… 컴컴해진 골목을 또
　　　걷다가, 거실 등만 은은하게 켜진 집들에서 나는 저
　　　녁 냄새를 맡아보다가, 울타리 겸해서 심은 관목 아
　　　래에서 두 눈에 작은 등을 켠 검은 고양이 소리를
　　　듣다가……. 알베르게 맞은편에 바가 있더군요. 위
　　　스키 더블을 시켰어요. 맥주도 시키고, 에스트레야
　　　담으로. 위스키를 마시고 안주로 맥주 마시고, 위스
　　　키 마시고 맥주 마시고, 위스키 마시고 맥주 마시고,
　　　그렇게 몇 잔을 마셨는지……. 바텐더가 구석에서
　　　담배를 맛있게 피우더군요. 나 담배 한 대만 줄 수
　　　있겠소? 카미노 들어서고 29일 만에 쓴 담배를 두
　　　대 피웠어요. 집 떠나고 만취는 처음이었죠.

여자　밤중에 늦게 알베르게에 돌아와서 그대로 침대에
　　　눕더군요. 옆 침대 코골이 소리에 뒤척이고 있었는
　　　데…… 독한 술 냄새가 건너왔어요. 한참을 누워 있

다 혼잣말인지 잠꼬대인지, 셰임 온 유…… 셰임 온
유…….

남자 셰임 온 유……!

여자 그러곤 조용해졌어요. 그쪽이 먼저 잠들었는지, 내
가 먼저 잠들었는지…….

남자 내뱉듯이 그 말을 하면서 노인이, 그 파란 눈이 내
눈을 빤히 쳐다보더군요. 왜 나한테……? 내가 남자
라서?

여자 그쪽이 레스토랑을 나가고 그 노인, 말이 없었어요.
나도 말없이 파스타만 먹고……. 노인이 포크를 내
려놓으면서 그러더군요. 내 딸은 코리아에 대한 기
억이 없다. 비행기 안에서 잠이 깨 창밖 하얀 하늘을
보면서 울다 다시 잠든 것, 그게 인생 최초의 기억이
라고 한다.

남자 산티아고에선 도착하자마자 공항으로 갔어요. 그런
데 그날은 비행기표가 없더군요.

여자 난 이틀을 묵었어요. 피니스테라─스페인의 서해
안 땅끝마을에 가서 대서양의 수평선도 보구요. 나
는요, 카미노의 일출이 참 좋았어요. 새벽어둠 속을
걷다 보면 땅이 붉은 색깔을 보여주기 시작하고, 등
뒤에서 햇빛이 은은하게 비추다가 발끝에서부터 황

토 위로 검은 그림자를 길게 뽑아주죠. 그림자 머리
가 들판 저 끝까지 뻗을 즈음엔 세상이 온통 황금빛
으로 빛나고……. 산티아고대성당 옆 골목에서 그
쪽을 봤어요. 노을빛이 붉은 벽돌로 된 성당 높은
담 벽을 치는데, 그 아래 키 작아 보이는 남자의 뒷
모습. 떠날 곳도 머물 곳도 없는 것 같아 보이는 뒷
모습을요…….

여자　　올라가보세요. 바위 봉우리에서 맞는 쩡한 바람, 저
　　　　는 오랜만이라서 아주 좋더라구요. 올라갔다 다시
　　　　내려오면 좀 늦겠네요.

남자　　그쪽은, 집으로?

여자　　네, 저 밑에 차 갖고 와서 기다리고 있어요.

남자　　그럼……….

남자와 여자는 반대 방향으로 걸음을 뗀다. 그러다 잠시…….

남자　　알고 있었어요. 그때 저녁놀빛에 가려진 누군가의
　　　　시선…….

여자　　……부엔 카미노!

남자　　부엔 카미노……!

2.
해방촌에서

공인중개사 사무실.

남자2가 책상에 앉아 있다. 남자1이 여자와 사무실로 들어온다.

남자1 선천 아시죠? 어, 있었어?

남자2 어서 들어와, 형. 덥지?

여자 ……네, 인사동에 선천집이라고, 점심은 그냥저냥, 저녁은 좀 비싼 집이요, 한정식집.

남자1 예, 그 집 주인이 선천 출신일 겁니다. 평안북도 선천. 여긴 8·15 해방 뒤에, 그리고 6·25 때 월남한 사람들이 주로 모여 살았어요. 그래서 해방촌이라고 하는데, 그중에서도 선천 사람들이 많았지요.

여자 그게 평안도 장맛이었구나. 음식이 정갈하고 은근하게 당기는 맛이 있더라구요.

남자1 힐스빌 보여드리고 나서 내친김에 고향빌라 보려고 했는데 주인이 마침 안 계시네. 전화해봤더니, 요 앞에 계시대요. 기다려보라고, 빨리 일 보고 올라오시겠다고 해서…….

남자2 아, 고향빌라……. 거기 아직 안 나갔나? 하긴 워낙 낡아서……. 아, 집이 약간 낡아서 그런대로 운치가 있거든요.

남자1 잠깐이면 될 거예요.

여자 정말 다음에 와도 되는데…….

남자2 고향빌라 환상이죠. 뷰는 거기가 이거예요, 이거! 특히 해 질 녘 놀 지는 장면은…… 아아!

여자 다들 그러시니 안 보고 가면 나중에 후회되겠어요.

남자2 모르면 몰라도, 알게 되면 후회천국!

남자1 앉아서 조금만 기다려보세요. 저 시원한 거, 오미자 좋아하세요?

여자 아니에요, 잠시만 있다가…….

남자2 앉아 있어, 형. 내가 내올게.

남자1 당신, 가게 나가볼 시간 안 됐나?

남자2 천천히……. 최 방장 와 있어.

남자2, 안으로 들어간다.

여자 그러니까 여기가 처음부터 산동네, 달동네였다는 거죠?

남자1   그런데, 그 사람들이 대부분 기독교인들이었어요.

여자   월남한 사람들요?

남자1   예, 선천 사람들요. 저기 꼭대기에 큰 교회 있죠. 가나안교회라고. 여기가 일제강점기 때는 일본군 사격장이었대요. 해방되고 미군정청이 이 지역을 접수했는데, 북쪽에서 내려온 사람들이 몰려들어 움막을 짓고 살기 시작했지요. 그중에는 기독교 신자들이 많았어요. 워낙에 사람들이 모여들어 얼기설기 집 지어놓고 버티니까 군정청도 더 막고 어쩌고 할 수가 없었겠죠. 그렇게 터를 잡은 사람들이 판잣집 위에 판잣집 짓고 그 위에 천막 치고 십자가를 올렸대요. 그런데 6·25가 터졌죠. 피난 갔다가 수복되고 다시 돌아오니까 뭐가 남아 있었겠어요? 목사님은 북으로 납치돼 가셨고. 집이고 교회고 제대로 남아 있는 게 없었죠. 신도들이 모여서 벽돌 찍고 기와 얹고 해서 예배당을 2층으로 다시 세웠어요. 새로 목사님도 모셔오고. 평안도 사람들이, 그분들 말로는 성령이 충만해서요. 그 난리에 그 가난에, 찐 고생을 다 이겨낸 거죠.

남자2, 오미자차 세 잔을 내온다.

남자2 　또 어메이징 스토리 나온다. 그러다 우리 목사님 얘기까지 나오겠네.

남자1 　뭐 거기까지야…….

여자 　음, 이 맛, 뭐라 해야 하나?

남자2 　정말 다섯 가지 맛이 다 나지요?

여자 　세상의 맛을 다 합치면 이 빛깔이 나나요?

남자2 　옴마, 센스 있으시다. 요즘은 여기가 말 그대로 해방구예요. 문화 해방구, 인종 해방구, 맛의 해방구…….

여자 　예, 그런 것 같아요. 작은 빌라들 사이사이에 좁은 골목 끼고 아주 옛날에 지은 집이 보이고, 또 굉장히 세련된, 최첨단 감각으로 새로 짓는 집들도 있구요.

남자2 　집을 보려면 복덕방을 와야 해요. 인터넷으로 찾으면 집하고 방은 보지만 분위기까지 볼 수는 없잖아요. 집도 중요하지만 그게 어디 있는지도 봐야죠. 주변이 좋아 좋을 수도 있고, 주변이 싫어 싫을 수도 있고.

여자 　그런데 가파른 건 그렇다 치고, 이렇게 좁고 복잡한 골목은 서울에선 이제 드물지 않아요?

남자2 　형, 처음에 거기가 옛날 집이 있던 곳이라는 거 단번에 보고 알았어?

남자1 　여기는 옛날 지형이 그대로 남아 있어요. 대개 오래된 동네는 재개발을 하잖아요. 그럼 깎고 덮고 펴고 한 다음에 아파트를 올리죠. 여긴 판잣집이 있던 터에 기와집 짓고, 기와집 헐고 빌라 올리고. 그래도 집터하고 길은 그대로 남잖아요. 길은 또 공유지니까. 아파트를 지어야 그 경계가 허물어지는 거죠. 그렇죠, 이런 데 이젠 드물 거예요……. 저 아래 경리단 쪽에서 올려다보면서 눈으로 찍고, 또 위에 올라가서 아래로 남영동 쪽을 바라보니까 딱 그 위치더라구.

여자   '해방촌 가는 길'이라는 소설이 있거든요. 거기 보면 1950년대 말 해방촌 풍경이 나와요.

남자1   그런 소설이 있어요?

여자   예, 강신재 작가가 쓴 짧은 소설인데요……. 전쟁을 거치면서 가장을 잃고 몰락한 집안 식구들이 남산 기슭 판자촌으로 이사를 와요. 그렇지만 거기까지 찾아온 빚쟁이들한테 시달리다 못해 딸은 집을 나가죠. 돈을 벌어 오겠다고. 돈 벌어서 빚을 갚겠다고. 어찌어찌해서 대구로 간 딸은 미군부대에 취직을 하고, 그러다가 미군하고 살림을 차려요. 하지만 그 미군은 때가 돼서 명령을 받아 본국으로 떠나게 되는데, 그녀는 이미 임신을 한 상태였어요. 무면허 의사한테서 아이를 떼버리고 한 주일 앓아누웠다가 그녀는 다시 서울로, 집으로 돌아오는데……. 가랑비 오는 날 3인치나 되는 새빨간 하이힐을 신고

커다란 트렁크를 들고서 어머니와 남동생이 살고 있는 해방촌 언덕길을 오르는 걸로 소설이 시작돼요. 좁다란 비탈길엔 빗물을 타고 돌멩이들이 굴러 내리고, 트렌치코트 끝자락에서는 빗물이 뚝뚝 떨어지는데, 물길은 곳곳에 골을 내면서 철벅거리고…….

남자2 국어 선생님이시구나.

여자 어떻게 아세요?

남자2 그렇게 옛날 작가 작품까지 읽는다면…….

여자 그냥 서점에서 우연히, 눈에 띄길래……. 그것보다 보통이 아니신데요, 옛날 작가 이름까지 아시잖아요.

남자2 보성여고?

여자 아니에요.

남자2 아니면 용산고? 용산중?

여자 정말 가봐야겠어요. 차 잘 마셨습니다.

남자1 어어, 정말 곧 오실 텐데. 이 동네가 복잡해 보이긴 해도 사이즈가 한 손바닥이거든요.

여자 기다리는 친구가 있어서…….

남자2 조금만 더 있어보세요. 내가 해방촌 맛집 얘기해줄 테니까. 진짜로 이 동네로 이사 오시면 그땐 직접 모시고 맛집 순례 해드리지.

여자 전문가세요? 음식 비평가? 블로거?

남자2	셰프예요. 우리 둘 다 셰프예요. 우린 런던에 있는 레스토랑 주방에서 처음 만났죠.
여자	사장님도 셰프세요? 그런데 왜 공인중개사를?
남자1	칼을 잘못 써서 손목 신경을 다쳤지요.
남자2	이 형 대단한 칼잡이였는데.
남자1	대단해봤자 나무에서 떨어진 원숭이지.
남자2	자, 핸드폰을 꺼내시고, 구글에서 '해방촌 맛집'을 치세요. 지도에 맛집들이 풍선 모양으로 뜰 거예요. 내 폰이⋯⋯?

남자2, 급히 안으로 들어간다.

여자	어머, 벌써 시간이 이렇게 됐네. 저 이젠 가볼게요.
남자1	어, 정말 가시려구요? 음, 그럼 다음에 오시더라도 그 집 다른 사람한테 가고 없을 수도 있습니다.
여자	그럼 할 수 없죠, 뭐.

남자1의 휴대폰에서 문자 도착음이 울린다. 남자1은 문자를 확인하고 안쪽을 흘낏 본다.

남자1	아, 집주인 아주머니 곧 도착하신다네요. 지금요, 지금 일 끝냈다고⋯⋯.

남자2, 휴대폰 화면을 보며 안에서 나온다.

남자2 우선, 스테이크 레버레이션! 이 집은 그런데 비프보다는 포크스테이크가 주 종목이죠. 이 집 셰프가 쇼 레드노스라고 오하이오주 신시내티 출신인데요, 그 도시가 원래 미국에서 돼지 도축업의 중심지였었걸랑요. 그러니까 셰프가 돼지고기 보는 눈이 정확하죠. 포크안심스테이크! 고기하고 어금니가 어렸을 때 헤어진 오누이처럼 만나요. 비프스테이크도 물론 평균 한참 이상이구요. 다음은 파스타하우스 베수비오. 이 집 셰프는 이 일대, 이태원, 경리단길, 해방촌을 통틀어 파스타를 제일 많은 스타일로 낼 수 있는 분이에요. 그런데, 그중에서 하루에 파스타를 딱 세 종류만 만들어 내요. 오늘은 이것만, 이라는 거죠. 그리고…… 왜 이 집 문패가 베수비오일까요? 베수비오스, 아시죠?

여자 폼페이 최후의 날.

남자2 네, 이 셰프가 내는 파스타 소스 중에 핫한 것들이 많아요. 매운맛이 화산처럼 폭발하는데…….

남자1 난 그렇게 매운 줄 모르겠던데.

남자2 바닷물로 들어가는 용암 같으니까요. 그리고, 우리한테는 좀 드문 스페인하우스 하몬하몬. 이 집은 이

베리코 돼지로 만든 하몽을 직접 가져오는데, 아, 원래 발음이 하몽이 아니라 하몬이에요. 하몬, 햄, 햄, 하몬······.

여자   저 정말, 가봐야겠어요. 다음에 오면 꼭 맛집 순례 시켜주시고······.

남자2   아 예, 그럼 가셔야죠. 진짜 한번 다시 오세요. 그런데 이 동네가 맘에 들긴 해요?

여자   네, 그러니까 왔죠.

남자2   직장에서 가깝고, 가까우면서도 적당히 멀고, 그리고 이태원이 가까워서?

여자   어휴, 저는 뭐 혼자 놀러 다니고 그런 거 잘 못 해요. 친구들도 다 촌에 있고예. 하지만요, 자주 가기는 그렇지만 가끔 가고 싶은 뭐, 그런 거? 그것도 재미있지예.

남자1   하하, 저쪽 옛날하곤 많이 달라요. 미군이 평택으로 간 뒤엔 물이 달라졌다고 하는데, 다채로워졌다고 할까.

남자2   진정 국제시장이 됐다고나 할까요. 그래서 거기 물이 여기까지 흘렀다고 볼 수 있죠. 이태원에서 경리단길로, 그리고 해방촌으로.

여자   저도 이런 동네에서 자랐어요. 집에서 한참 걸어 나가고, 걸어서 들어오고, 그런 게 좋지요. 이런 데 있

으면 뿌리를 흙에 박고 바로 지금 이 시간을 광합성
하는 것 같다고 할까……. 얼마 안 지나서 번잡하고
불편해질까요?

남자1　글쎄요, 안 그럴 거라고는 못 하겠지만……. 너무 번
잡해지면 뜨면 되죠. 먼저 오는 사람이 예술가, 그리
고 먼저 뜨는 사람이 예술가지요.

여자　그거 알아예? 맞는 말씀만 하려고 아저씨가 된 분
같아예.

여자의 휴대폰이 울린다.

여자　여보세요? 잠시만…….

여자, 나간다.

남자2　왜?

남자1　상큼하지 않니? 그렇다고 어려 보이지도 않고.

남자2　고객한테 딴 맘 품는 거 사장님답지 않은 모습!

남자1　난 고객한테 최상의 서비스를 해주려고 한 것뿐이
야.

남자2　그렇게 보여주고 싶어?

여자, 다시 들어온다.

여자 죄송합니다. 친구한테, 남자친구한테 급한 일이 생겨서 이만, 오늘 감사했습니다.

남자1 그럼 어서 가보셔야지요. 혹 시간 나면 다시 들러보세요.

여자, 가방을 들고 나간다.

남자2 내 얘기 들으면서 누군가한테 문자를 보내더군.

남자1 그랬어?

남자2 아마 이렇게 보냈을 거야. '나 이상한 아저씨들한테 인질로 잡혀 있어. 전화 좀 해줘' 이렇게.

남자1 그게 보여?

남자2 글자판에 손 움직이는 게…….

남자1 그걸 읽는다구?

남자2 여자 얼굴을 읽지. 뭐 나름 순진한 여자 같아.

남자1 그 방 또 가보고 싶으니까. 가서 저 아래를 바라보고 싶으니까. 누굴 데리고 가야 나도 보지.

남자2 그렇구나.

남자1 다시 해방촌에 돌아와서 거기, 그 집을 보고 너무나 허름해서, 마치 다 늙은 시골 노인을 보는 것 같았어. 내가 떠난 후에, 아버지 돌아가신 뒤에 다시 지은 집일 텐데 그렇게나 낡았다니…….

남자2   그렇게 다시 오고 싶었구나. 마치 카인처럼 쫓겨났다더니. 그래도 형한테는 이 터가 아버지 품이었나 봐.

남자1   쫓겨나기는. 아버지는 나 같은 아들을 감당하기에는 너무나 순박하고 너무나 완고하신 분이었어. 그래서 내가 떠나드린 거지. 그런데 아버지는 자식을 놓아버렸으니 당신이 목회자로서 자격조차도 없다고 여기신 거고. 그렇게 어긋난 방향으로 아들은 세상을 왼쪽으로 떠돌고, 아버지는 세상을 오른쪽으로 떠돌다…….

남자2   봉사활동 다니셨다면서. 언제 나도 같이 가봐. 캄보디아, 부모님 묘지 있다는 데.

남자1   빈 무덤인데, 뭐. 길가 흙더미 위에 세워진 앙상한 십자가가 묘지목이 되었던 거지.

남자2   형도, 뭐 나도 길 위의 인생이었는데.

남자1   ……집을 떠나 요코하마, 도쿄, 방콕으로, LA로, 마이애미로, 뉴욕으로, 런던으로 떠돌다…….

남자2   런던에서 우리 만나, 서울, 이태원으로, 해방촌으로 오느라고…… 그 긴 시간을…….

남자1   그게 너하고 내가 만나기 위한 시간이었으니까.

남자1   그 집 서쪽 창으로 보면 저 아래 비탈길을 올라오는
한 청년이 보여. 기울어진 언덕, 층층이 이어지는 판
잣집. 듬성듬성 남아 있는 바위와 숲, 그렇지만 앙
상한 나무들. 그 사이로 가파르게 나 있는 좁은 굽
이길……. 눈길을 멀리 두면 저만큼 보이는 미군부
대 지붕들, 거기 짙고 무성한 잎이 달린 키 큰 나무
들. 철망 친 담장 위로 노랗게 반짝이는 석양빛……
작은 저녁거리를 들고 집으로 오르는 땀내 나는 여
인들, 빈 도시락을 손에 들고 오는 지친 아버지들,
커다란 물지게 지고 오르는 빡빡머리 아이들, 동
이를 이고 들고 한 발 한 발 떼는 상고머리 계집애
들……. 그리고, 검은 성경책을 손에 들고 홀로만 힘
차게 언덕을 올라오는, 길고 검은 바지에 흰 셔츠를
입은 깡마른 청년…….

남자2   어제 주방에 들어가 창을 여는데 저 아래로 비탈길
을 내려가는 두 여자가 보여. 머리가 까만 솜사탕
같은 까만 두 여자가 함께 맞춘 듯이 보라색, 연두
색 짧은 원피스를 입고, 하이힐을 안 신어도 살벌하
게 날씬했을 다리를 벌벌 떨면서 내려가는 거야. 마

치 기울여놓은 얼음판을 내려가듯이 서로 손을 잡다가 벽을 짚다가, 멀리서 보기에도 어깨가 들썩들썩하는 게 킥킥 웃는 듯하고……. 그러다가는 길모퉁이를 돌아 사라지더라. 벽 모서리에 검고 가는 손가락을 마지막으로 보여주고……. 그때, 낮고 긴 창 너머 저쪽, 창틀 왼쪽 끝, 오른쪽 끝으로 아파트가 길게 서 있고, 그 사이로, 비탈길도, 골목도, 붉은 벽돌 빌라들도, 길가의 숍들도, 불을 켤까 말까 망설이는 간판들도, 온통 샛노란 놀빛에, 모든 게 지워지고…….

3.
노량진 — 흔적

보통의 집 거실.

초로 또는 중년의 삼남매. 첫째인 여자1과 동생들인 남자1, 남자2, 그리고 딸—여자2가 모여 있다.

남자2   어제 노량진에 갔었어. 옛날에 우리 살았던 동네.

여자1   거긴 왜?

남자2   그냥. 동작구청에 일이 있어 갔다가 시간이 뜨길래 천천히 걸어서 가봤지. 어떻게 변했나 보려고.

여자1   그래서, 많이 변했디?

남자2   우리 집을 찾을 수가 없더라고. 동네가 변했다, 정도가 아니라 지형이 완전히 달라졌어.

남자1   거기 아파트가 다 들어서서…….

남자2   이쯤이 슈퍼가 있던 자리. 학교에서 돌아오면서 모아둔 동전으로 사이다 사 마시던 데, 집으로 올라가는 좁은 골목이 시작되던 곳. 저어기가 이발소, 뚱뚱이 아줌마가 의자 팔걸이에 빨래판 같은 거 걸쳐서 앉혀놓고 바리캉으로 머리 깎아줬던 곳. 굵은 솔로 박박 긁어대면서 벽돌만 한 빨랫비누로 머리를 감겨줬지. 저쪽으로는 등성이까지 가파른 계단이 이어졌었는데……. 이렇게 손가락으로 짚어보는 데는 다 아파트, 아파트, 아파트, 그것도 올린 지 꽤 돼 보이는 아파트.

여자1   어디나 그렇지 뭐.

남자1   너 모르는구나. 노량진우성아파트 103동, 거기가 정확히 우리 집이 있던 자리야.

남자2   형도 가봤네. 등성이까지 올라선 아파트 밑으로 빌라들, 빨간 벽돌로 된 빌라들이 있고, 사이사이 남아 있는 낡은 계단, 옛날 축대……. 그런데 아직 그 시절 모습으로 남아 있는 집이 있더라고. 피아노 집. 아, 뭐냐 하면, 어릴 때 저녁때면 피아노 치는 소리가 나던 집이 있었어. 기억 안 나? 어느 날 해가 지고 또 저 아래에서 피아노 소리가 어둠을 타고 들려오잖아. 그 소리 붙잡고 거슬러 내려가서 찾아봤거든, 피아노 소리가 어디서 나는지. 그때는 거기에 꽤 부잣집들이 있었는데, 길도 널찍했고. 그중에 우리가 축구하다 공 넘어가서 초인종 누르곤 하던 그 집,

젊은 아주머니가 공을 내주면서, 앞으로는 안 줄 거야, 하던 그 집이 피아노 집이었는데. 이제는 빌라들 사이에서 다 찌그러져가는 모양으로, 허름한 늙은이처럼 남아 있더라구.

남자1   그때 좋았는데.

여자1   뭐가 좋았니. 좁아터진 집에 다섯 식구 한방에 모여서…….

여자2   다섯 식구가? 매일 엠티 하는 것 같았겠다.

남자1   왜 오라고 했어? 기일 아직 멀었는데…….

남자1, 세금 고지서를 꺼내 탁자 위에 놓는다.

남자2   이것 때문에?

남자2도 고지서를 꺼낸다.

남자1   너한테도 재산세 고지서 왔어? 토지세?

남자2   형한테도 왔어?

여자1   ……땅이 있는데, 아버지가 우리 셋 앞으로 해놓으신 게 있어.

남자1   그걸 왜 이제 얘기해?

여자1   나도 까먹었어. 아버지 돌아가시고 방 치우다, 아차

이게 있었지 하고 챙겨두곤 또 까먹었다가…… 세금 고지서가 오니까 다시 생각났지.

남자1 그게 이거였어?

남자2 충청북도 영동군 심천면 명천리 293……. 3,162.0평방미터……. 애걔. 얼마나 되는 거야?

여자1 그게, 한 천 평 되려나.

남자1 천 평…….

여자2 천 평이면 꽤 되는 거 아녜요?

남자1 시골 땅 천 평이면 아무것도 아니지.

여자1 산비탈 임야래.

남자2 납세 금액 3,230원, 형은 얼마 나왔어?

남자1 나두 3,230원.

여자1 셋이 공동 소유니까 똑같이 나왔겠지.

남자1 그런데 심천에 왜 땅을 사셨을까? 우리 시골이 영동군 매곡면인데, 심천이면 좀 엉뚱하지 않나? 거기 친척이 있는 것도 아니고.

여자1 그게…….

남자2 그것도 겨우 천 평짜리 땅을. 누나 거기 가봤어?

여자1 가본다 했는데, 네 말대로 북향에다 산비탈 천 평짜리 땅 보려고 따로 시간 내는 게 쉽지가 않더라고.

남자1 뭐 까먹고 있을 만하겠네.

여자2 그거 팔아서 나눠 가지면 되겠다.

남자1	그걸 누가 사겠냐. 산비탈 임야 자투리를 사서 농사를 짓겠니 공장을 세우니. 너 토막 짓고 들어앉아도나 닦으면 되겠다.
남자2	그럼 한 사람한테 몰아주자고.
여자1	누구한테? 너한테?
남자2	그럴래?
여자2	그렇게 하면 재미없으니까 삼촌들, 고스톱으로 해요. 땅값은, 세금 액수를 달러로 하고 환율을 천 원으로 해서 셋을 합하면 대략 990만 원. 이걸 땅값이라 치고, 이건 좀 크니까 100 대 1로 절하해서 9만 9천 원. 판돈은 각각 3만 3천 원으로. 이걸로 쩜 천짜리 고스톱을 해서 9만 원을 만드는 사람이 그 땅 갖는 거예요.
남자2	뭐가 그리 복잡해?
남자1	9천 원은 어디로 가고? 그러니까 원래 땅값 중 90만 원은?
여자2	그건 공공서비스 요금으로 떼고. 그리고 딸 때마다 저한테 10퍼센트씩 납부하시는 거죠.
여자1	애가 무슨 코미디를 하재.
남자1	말이 되나? 그게 처음에 9천이지, 판이 이쪽저쪽 계속 왔다 갔다 해봐. 판돈 결국 너한테 다 가겠다.
남자2	고스톱 하면 우리 애들 엄만데.

여자2	담요 깔까요? 네?
남자1	글쎄…….
남자2	글쎄…….
여자2	네?

남자1	우리 노량진 살 때 좋았지.
남자2	땅은 몰라도, 세금 독박 쓰기 가위바위보라도…….
여자1	좋았긴 뭐가 좋아. 언덕배기에 올라앉은 상자만 한 집에다 손바닥만 한 마당에……. 세상에, 방 세 개 있는 집에서 두 개를 세주는 게 어딨니.
남자2	그래도 안방이 넓었지 않나. 다락방도 있었고. 다락에 올라가면 요만한 구멍이 있는데 그게 부엌으로 나 있었거든……. 거기서 엄마 밥하는 거 보다가 잠들곤 했는데…….
여자1	니들이 알겠니, 다 큰 여자애가 자기 공간 없이 남자들한테 둘러싸여 있는 게 어떤 건지.
여자2	그러게.
남자2	엄마가 부르는 소리에도 그대로 잠들어 있다가…….
남자1	식구였잖아. 아버지가…….
여자2	그건 다른 문제죠.
남자2	어떨 땐 늦게 깨서 내려가면 저녁밥 다 먹고 상 치우

는 중이고…….

남자1 ……아버지가 미군부대에서 물건 많이 갖고 왔지.
목재랑 공구 가져와서 책상 짜고 개집 짓고, 시레이
션 박스 열면 비스킷, 닭고기 통조림, 사과잼, 땅콩
잼, 치즈, 버터…….

남자2 소시지.

남자1 소시지는 시레이션에 없었어. 그건 따로 갖고 오셨
지.

남자2 크리스마스 때 사탕 가져오신 거 기억나.

여자2 그럼 삼촌들은 옛날 소시지, 그 '추억의 도시락'에
나오는 분홍색 소시지가 가짜라는 거 그때 알았겠
네.

여자1 알았지. 알았지만 그것도 귀한 거였단다.

남자1 엄마가 뭇국 끓이면서 쇠기름 대신 소시지 넣고 끓
인 적 있어. 그 맛 요즘은 다시 볼 수 없지.

여자2 그럼 그게 원조 부대찌개였네요. 원시 부대찌개라고
할까.

남자1 아버지 대단했어. 노량진에서 본동 지나고 한강 다
리 건너 신용산 지나고 삼각지로타리 지나 남영동
까지 걸어서 출근해서, 일 끝나면 남영동에서 삼각
지로타리 돌아 신용산 지나서 한강 다리 건너고 본
동 지나 노량진까지 걸어서 퇴근.

여자2	그거 굉장히 긴 거리 아니에요? 정말 대단하셨네!
남자2	대단해서니, 가난해서지.
남자1	가난해선가, 짠돌이라서지.
여자1	너 아버지한테 억하심정 많았구나. 그땐 다 그랬어. 나도 영등포까지 학교 걸어서 다녔는데.
남자1	그 아저씨 기억나? 해방촌 김 씨.
여자1	아버지 미군부대에 끌어줬지. 그 아저씨가 작업반장이었고, 그 위로 백 감독이 있고, 그 위로 지미인지 토미인지 있었지.
남자1	아버지가 부대에서 물건 가져올 때면 그 아저씨가 차로 실어 와서 함께 날라다 줬지. 그러고는 집에서 저녁 먹고 갔어. 내레 힘을 보태주니까니 맥 빠져 못 가가서. 아두마니 술 받아주시라요.
여자1	지겨워. 그 좁은 집에 달에 한 번꼴로 술판이 벌어졌잖아. 토요일마다 이 집 몰려갔다 저 집 몰려갔다.
남자1	해방촌 김 씨 아저씨, 빼빼 마른 홍 씨 아저씨, 머리 벗겨진 양 씨, 또……
남자2	기억나. 소주병에 숟가락 젓가락 꽂아서 탈랑탈랑 흔들면서 노래 부르고 등에 베개 쑤셔 넣고 곱사춤 추고……
남자1	오마니에 소느을 노호코 도라아 설 때헤에는……. 그러다가 싸움이 나요. 그럼 상 뒤집어엎고, 내레 다

아씨 오나 보라. 엄마가, 어서 가여, 어서 가, 해방촌

등 두드려 보내고. 해방촌, 내레 가오, 아두마니, 내

레 가, 저만큼 가면서도, 내레 가오, 아두마니…….

남자2 아, 주전자에 술 받아 오면서 홀짝홀짝 맛보다가 도

중에 머리가 뱅뱅 돌아 쓰러져 잔 적 있다.

남자1 ……내가 너 업어 오고, 술 다시 받으러 가고.

여자1 그래서 니가 아직도 술독에서 빠져나오질 못하지.

남자2 해방촌 김 씨가 엄마 좋아했던 거 아냐?

여자1 말이 되니. 엄마가 그래도 눈이 얼마나 높았는데. 엄

마 이상형이 남궁원이었다.

여자2 남궁원이 누구야?

남자1 옛날 배우. 홍정욱 알지? 전 국회의원. 잘생겼잖아.

하버드 나오고, 돈도 많고. 경제신문사 할걸. 남궁원

이 그 아버지야.

여자2 잘생겼는데 왜 돈이 많아요? 그런데 왜 홍씨 아버지

성이 남씨지?

남자1 남이 아니라 남궁. 배우니까 예명을 쓴 거지. 체구가

우람하고 홍정욱보다 훨씬 잘생겼어.

여자1 그렇게 술자리 끝나고 상 치우고 나면 이번엔 엄마,

아버지 싸움이 나요. 엄마도 한두 잔 하거든.

남자2 자다가 아버지랑 엄마가 싸우다 요강을 뒤집어엎어

서, 방바닥하고 이불이 죄다 오줌……. 엄마가 내가

못 살아여, 못 쌀아, 하면서 저고리 앞단을 쥐어뜯으면서 벽에다가 머리를 콩콩 찧고…….

여자1   너희 모르는구나. 아버지가 바람을 피웠어.

남자2   언제? 설마?

남자1   맞아. 넌 어려서 몰랐지.

여자1   너 알았구나.

여자2   할아버지 성격에? 대박!

여자1   바람 피우는 성격이 따로 있는 게 아니란다.

남자1   모가지도 없는 난쟁이 같은 년하고……. 내가 참, 우스버서! 고만 좀 햐! 고만, 고만, 고만 좀! 아이구, 내가 못 살아여, 못 쌀아!

남자2   한번은 내가 그랬어. 중학교 땐가. 엄마, 아버지하고 왜 이혼을 안 해?

여자2   어머, 그러니까요?

남자2   엄마가 가만있다가 맥없는 손으로 내 뺨을 치더니, 쪼만한 놈이 못 하는 소리가 없나. 그리고 한참 있더니, 내가 이래 병드라서, 이혼하만 누가 나를 봐준다 카나. 그 며칠 뒤에 엄마는 병원으로 가서 집에 돌아오지 못했지.

남자1   피크닉 갔었지, 미군 트럭 타고서.

여자2   어디로요?

여자1	정릉, 송추계곡, 산정호수…….
여자2	좋았겠다. 그 시절엔 거기가 심산유곡이었겠어요.
남자1	커다란 트럭 짐칸에 매트리스 깔고 우리 동네 강남 교회 앞 공터에서 시작해서 백 감독네, 신용산 홍 씨 네, 해방촌으로 해서 할머니들, 엄마들, 꼬마들, 남 학생들, 여학생들, 꼬마들은 국민학생부터 갓난애까 지 — 할머니들은 한복 입고 남학생, 여학생 들은 교 복 입고 — 다 타고 나면 미군 지프하고 짐차가 나타 나 앞서 달려가기 시작하지.
남자2	기억나. 트럭이 달리기 시작하면 괜히 우쭐해져서 길가에 뒤로 뒤로 멀어져 가는 사람들한테 손 흔들 고…….
남자1	계곡에 도착하면 미군하고 아저씨들이 넓은 데 찾 아서 불 피우고 그릴 내놓고 음식 준비하고 아줌마, 할머니 들은 돗자리를 깔고 앉아서 끔벅끔벅 있다 가 누군가 얘기를 시작하면 그때부터 수다가 끓고, 남학생하고 여학생 들은 미군이 내준 말굽쇠로 던 지기 게임을 하고, 아이들은 그릴 근처로 모였지.
남자2	그릴에 소시지를 굽고 기다란 빵 반으로 갈라서 그 안에 놓은 다음에 빨간 케첩하고 노란 케첩하고 쳐 서……. 그러니까 그게 핫도그였지.
여자2	나무에 빨간 소시지 꿰서 밀가루 덮고 기름에 튀긴

거, 그거 말고 말이죠?

남자2   진짜 핫도그. 뉴욕 핫도그 같은 거.

남자1   누나 미군들하고 영어도 하고 그러지 않았나? 엄마가 우리 딸 영어 잘한다고, 막 그랬잖아.

여자1   그건 아니고. 송추로 피크닉 갔을 때, 해방촌 아저씨가 나를 한쪽으로 불렀어. 남학생들하고 막대기로 골프 치고 있었는데……. 너 미국 가서리 공부하고 싶디 않니. 미국 가믄 됴티 않간. 나를 부르더니 저쪽 큰 나무들 있는 데로 데려갔어. 백 감독 아저씨가 있었어. 그리고 또 뚱보 백 감독이 뒤뚱뒤뚱 나를 데리고 트럭 세워둔 데로 갔어. 지민지 토민지가 트럭 범퍼에 기대앉은 채 휘파람으로 빠다 냄새 나는 노래를 부르고 있는 거야.

남자2   그래서?

여자1   백 감독 아저씨는 나를 두고 가버리고, 지민지 토민지가 뭐라고 샬라라거리는데, 영어를 그렇게 배우고도 못 알아듣겠는 거야.

남자2   그래서?

여자1   노란 눈썹에 파아란 눈으로 나를 빤히 내려다보더니 뺨을 만졌어, 턱 밑하고. 프리리 거얼, 프리리……. 싱거운 새끼, 멀대같이 키만 커가지고.

여자2   뭐야, 엄마아!

남자2	그러니까, 그게…… 추행을 했다는 거야?
여자1	얘는, 무슨…….
남자2	지금 기준으로는 그렇지. 맞지? 어이, 조카.
여자2	완전 그렇지!
여자1	그때 그런 생각을 했어. 아, 목 짧은 기린 같다.
남자1	그걸로 끝?
여자1	……멀리서 엄마가 부르는 소리가 들려왔어.

여자1	아버지가 월남에 가려고 했던 적이 있다. 진짜로.
남자2	왜?
여자1	미군 철수 얘기가 돌았지. 그때 미국 대통령이 닉슨이었거든.
여자2	리처드 닉슨. 워터게이트.
남자1	〈장학퀴즈〉 나가니?
여자1	미군이 철수하면 부대도 없어지고, 그럼 실직자가 되잖아. 그래서 미군부대 노무자들이 아예 월남으로 진출하자고 일을 꾸미기 시작한 거야. 당시 베트남에 군인들뿐만 아니라 기술자, 노무자 들도 많이 가 있었거든. 그때부터 아버지가 영어를 공부하기 시작했어.
여자2	미군부대 다니면서 영어를 못했어요?
여자1	읽는 건 어느 정도 했는데 말은 못 했을걸.

남자1   맞아. 피크닉 가서 미군들이 뭐라고 샬라샬라하면 아버지는 은니를 보이면서 씨익 웃기만 했어.

여자1   그런데 엄마가 반대를 했어.

남자2   왜? 돈도 많이 벌고 좋았을 텐데.

남자1   위험하잖아. 전쟁턴데. 거긴 전방도 후방도 없었다던데. 너 상이군인 못 봤니? 그 시절 월남에서 다쳐 갖고 돌아온 군인들—목발 짚고, 팔에 쇠갈고리 달고.

남자2   맞아. 골목에서 상이군인이다—, 하면 애들이 다다 집으로 뛰어 들어갔어.

여자1   엄마가 인력증명선가 뭐, 서류를 감춰버린 거야. 그러고는 머리를 싸매고 누웠지.

남자1   그때 기억나, 싸움. 내나•. 몰라여. 내나. 모른다니께.

여자1   그러다 어느 날 저녁 테레비 뉴스에 나왔지. 닉슨이 나와서 샬라샬라 선언하고, 미군이 베트남에서 철수하는 장면이.

여자2   사이공 최후의 날.

남자1   그건 1년 뒤.

여자1   엄마가 뉴스를 듣고 슬며시 일어나 앉아 잠시 생각하더니 장롱 깊숙한 데서 인력증명서를 꺼내 아버지 앞에 던지데. 갈라만 가보시든가. 아버지는 말이 없

•   '내나'의 영동 지역 사투리 발음.

고. 그리고 얼마 되지 않아 다니던 미군부대도 철수
해서 아버지의 긴 실직이 시작됐지.

남자2 아니야.

여자1 아니긴 뭐가 아니야. 그렇다는데.

남자2 그게 아닌 게 아니고, 아버지 영어, 못하지 않았어.
나 밤에 아버지가 잠꼬대하는 소리를 들었거든. 서
너버비치…… 셰임 온 유, 셰임 온 유…….

남자1 그게…… 잠꼬대니까, 영어를 한 게 아니라 흉내 낸
거 아닐까. 그러니까 외워서 하는 연기 같은 거.

남자2 ……셰임 온 유……. 유, 마더 퍼커, 해-방-촌.

여자1 해방촌 아저씨가 아버지보다 먼저 부대를 그만뒀어.
미군 철수 시작하기 전에. 조금이라도 윗선에선 낌
새를 먼저 알아챈 거지. 무슨 장사를 시작한다고 해
서 여기저기 돈을 빌렸는데 아버지한테도 얘길 했나
봐. 그런데 우리 집에 무슨 돈이 있었겠니. 돈 없으
면 없다, 손을 내저어야 하는데, 아버지가 성격이 그
런가. 하도 좀 어떻게 만들어봐라, 빌려봐라 해대니
까 엄마가 어디서 사채를 끌어다 줬대.

남자1 아, 그거구나. 그때 엄마가 빚쟁이들한테 시달린 이
유가.

여자1 그래, 그런데 해방촌이 그걸 다 말아먹고 사라져버

린 거야. 빛 독촉에 엄마 쓰러지고, 아버지가 해방촌 찾는다고 집을 나갔지. 그때는 미군부대도 다니는 둥 마는 둥 했고. 한 보름 만에 돌아온 아버진 빈손이었어. 사실 빈손은 아니었던 거지만. 작년에 아버지가 이 땅문서 내주면서 그 애길 하시더라고. 이 땅은 해방촌한테 빚 대신 받은 거라고. 그때 내가 너덜 엄마 목숨 깔가 먹고 지우[*] 대가로 받은 기 이거 씨잘떼기 없는 북향 골짜기 땅 한 뼘이라.

남자2   엄마 돌아가셨을 때 아버지, 머리가 하얗게 세서 얼마나 우시던지.

여자1   해방촌 아저씨 고향이 평안북도 선천이래. 선천군 심천면.

남자1   ……그래서 심천에 땅을 샀다?

여자1   아버지가 해방촌을 미워만 한 건 아닌 것 같아. 돌아가시기 전에 한번은 그러시더라고. 해방촌은 어데 있나. 살아는 있나. 해방촌, 그 님[**]이 서북청년단을 했던 님인데, 우악시럽고 불같은 님인데도, 선천에서 부친이 서당 했디야. 근본은 괜찮은 님인데. 교회도 잘 댕기고. 이산가족 만나는 거 하마 테레비 화면 암만 봐도 안 나와여. 그기 머 신청한다고 다 하는 거

[*] '겨우'의 영동 지역 사투리 발음.
[**] '놈'의 영동 지역 사투리 발음.

는 아니라 캐도.

남자1   원망하는 마음 안고 가셔서 뭐 하겠어.

여자1   언제 주말에 한 차에 타고 같이 땅 보러 가보자. 얘, 안방에서 요 얇은 거 갖고 와 깔아봐.

여자2   이제 땅따먹기 시작하는 거야?

여자1   뭘 우악스럽게 땅을 따 먹니. 놀음이라는 게 노는 거니까 그냥 놀이 삼아 한 판 치자.

여자2   그냥 치는 게 어딨어. 꿔바러우 내기라도 해야지. 내가 하오차이에 전화할게요. 오늘 옛날얘기 많이 듣네요. 할아버진 왜 나한테 그런 얘기 안 해주셨을까?

남자1   너희들 옛날얘기 싫어하잖아.

여자2   처음 듣는 얘기잖아요.

여자2, 나간다.

여자1   지도 찾아보니까 근방에 강이 지나가더라고. 금강 상류면 풍치가 좋겠지?

남자1   강은 지나가서 뭐 하겠어. 고속도로가 지나가는 것도 아니고.

여자1   알게 뭐니, 강 끼고 리조트라도 들어설지.

남자1   천 평이라며.

남자2 좋네. 산을 뒤로하고 북쪽으로 강 바라보면서.

여자1 그래도 강은 안 보이지, 아마. 좀 멀대.

남자2 그게 노량진경찰서, 지금은 동작경찰선데, 경찰서 지나 여기저기 건물들이 죄다 학원이더라고. 공무원시험학원, 경찰고시학원, 소방고시학원, 미술학원, 임용고시학원……. 그런데 안으로 올라가니까 또 죄다 고시원, 원룸, 독서실……. 교회들은 그대로 있더라. 집으로 가는 초입에 강남교회. 상도동으로 넘어가는 고개에 신성교회. 신성교회는 대형교회가 됐더라고. 저쪽 장승백이로 넘어가는 쪽에는 송학대교회……. 아, 성로원아기집, 기억나? 그게 아직도 있어. 건물은 다시 지었지만, 성로원아기집……. 옛날에 그 앞을 지나가면 아기들 우는 소리가 들리곤 했거든. 아기들은 못 봤지. 아기니까. 아기니까 밖에는 못 나오잖아. 아기니까……. 어쩌다 조금 자란 상고머리 아이가 대문 안쪽에 기댄 채 까만 눈으로 밖을 내다보기도 했는데…….

4.
오슬로에서 온 남자

부산의 한 건물 지하.

스튜디오처럼 빈 공간, 의자 몇 개와 탁자 등 최소한의 가구가 여기저기 놓여 있다.

삼십대 또는 사십대의 귀국 입양인 남자1, 연출가인 여자1, 그리고 배우이면서 입양인 후원자 여자2.

여자2　　우리 계속 하나요?

여자1　　계속 했으면 좋겠어요?

여자2　　잘 모르겠으니까 여쭤보는 거죠.

여자1　　나라고 알 것 같아요?

여자2　　연출님도 모르시겠다⋯⋯.

남자1　　그게 알고 모르고가 어디에 있어요. 하고 싶으면 하는 거고 하지 않고 싶으면 하지 않는 거죠.

여자1　　그래서, 하고 싶으시냐구요.

남자1 이제 욘 그 자신이 없으니까 우리 진짜 연극을 하는 거지요.

여자2 하고 싶다는 거죠? 그럼 언제 어디서 공연을 하죠? 누구 앞에서?

여자1 ……그러게요. 이 연극은 욘이 보라고, 또 우리가 욘을 이해하기 위해 기획된 건데 이제 그 사람이 없으니…….

남자1 ……떠나버린 욘을 초대해서……? 그리고 남아 있는 욘들을 불러서.

여자1 마음에 있는 걸 정확히 얘기할 줄 아시네요.

여자2 ……그렇게 할까요?

여자1 그럼 다시 연습 들어갑시다. 사실 그동안 대본을 약간 수정해놨어요. 배우님은 욘의 대화 상대자, 인터뷰어 같은 역할로 시작해서 해설자 역으로, 나중엔 욘의 친구로, 그러니까 본인 역할로 넘어갑니다. 프롤로그부터 짚어볼까요. 그쪽은 욘 역할 하면서 제가 드린 디렉션 다 털어버리시구요, 자기 호흡대로, 자기 감정대로, 감정을 꼭 가지라는 것도 아니구요. 역시 저쪽을 객석으로 하고. 자, 저는 욘 크리스텐센입니다―.

남자1 저는 욘 크리스텐센입니다. 노르웨이 오슬로에서 왔

습니다. 4년 전 처음 한국에 왔지요. 예, 저는 한국
에서 태어났고, 노르웨이에서 자랐고, 노르웨이에서
살았습니다. 저는 스포츠 마사지를 합니다. 릴리함
메르겨울올림픽 때 자원봉사를 했는데, 그때 선수
들 돕는 사람들을 보고 저의 장래 직업을 결정했지
요. 저는 오슬로에서 잘 살아왔습니다. 부모님은 훌
륭한 분들이었습니다. 좋은 여자하고 결혼하고 아
들 낳고, 세월이 지나고 이혼해서 아내와 아들하고
헤어졌지만 괜찮았어요. 그게 더 좋은 결정이라고
생각했으니까요. 4년 전에 갑자기…… 문득, 한국에
가봐야겠다는 생각이 들었어요. 나를 낳은 어머니를
봤으면 좋겠다. 저는 저의 어머니, 오슬로의 어머니
에게 한국에 한번 가보고 싶다고 말했습니다. 어머
니는 그랬지요. 네가 언제 그 말을 하려는지 궁금했
는데 생각보다는 늦었구나. 저는 비행기를 타고 열
네 시간 지나서 인천공항에 도착했어요. 평창올림픽
이 열리고 있었습니다.

여자1   여기서, 여기 올 때는 무슨 생각을 했어요?

여자2   한국으로 올 때, 비행기 안에서 무슨 생각을 했어
요? 한국에 와서 무엇을 하고 무슨 얘기를 하고 싶
었어요?

여자1   아니 아니다, 그건 제가 좀 더 생각해볼게요. 여기서

	는 입양되는 과정에 대해서 얘기하는 게 좋겠어요,
여자2	기억나는 게 없었을 텐데요.
여자1	제가 자료 정리해서 만들어드린 대사 있죠. 기억나지 않는 과거에 대한 회상?
남자1	저는 어머니 기억이 안 나요. 한국에 대한 기억도 정말 없어요. 비행기 안에서 잠이 깨 둥근 창밖 파란 하늘을 보면서 울다 다시 잠든 것, 그게 제 인생 최초의 기억입니다. 그리고 지금까지 모든 기억은 노르웨이에 있어요. 한국 기억은 없습니다.
여자1	조금 남아 있는데 가물가물한 건지…….
남자1	한국 기억은 없습니다. 욘, 없다고 했어요.
여자1	그럼 다음 대사로.
여자2	처음 한국에 도착해서 그냥 막연했겠어요? 어디부터 가보아야 할까? 누구를 만나야 할까?
남자1	저를 노르웨이로 보냈다고 하는 홀트아동복지회를 먼저 찾아갔습니다. 저의 한국 이름은 정성우. 제가 입양된 것은 두 살 때였어요. 한국에서는 네 살이라고 하지요. 홀트아동복지회에서는 제가 부산에서 보내졌다는 사실만 알 수 있었습니다. 저는 서울하고 부산을 오고 가고 하면서 시간을 보내다가 노르웨이로 돌아갔습니다.
여자2	그러니까 어딜 가서 무엇을 찾아보아야 할지를 몰

랐던 거지요? 포기했던 건가요?

여자1 포기? 그랬다면 지금 이 자리가 없을 테죠. 이걸 붙여볼까요?

여자2 포기했던 건가요? 그랬다면 지금 이 자리에 없을 테죠?

여자1 아니, 욘 대사로.

여자2 아, 포기했던 건가요?

남자1 그랬다면 지금 이 자리에 없을 테죠. 오슬로에서 몇 달을 지냈습니다. 그 전처럼 저의 일을 하면서. 그런데 다시 한국이 생각났어요. 머리에서 떠나질 않아요. 생각이 없어지질 않아요. 어머니에게 몇 달 더 한국 여행을 하고 오겠다고 했습니다. 사실을 말하지는 못했어요. 혹시 제가 저를 낳아준 어머니를 찾겠다고 하면 길러준 어머니에게는 상처가 될 수도 있겠다고 생각했어요. 고마운 어머니한테 상처를 줄 수는 없었지요. 그렇게만 말하고 다시 서울로 온 뒤 부산으로 갔습니다.

여자1 여기까지. 이제 부산에서 성우 씨가 어머니를 찾으며 보낸 시간들에 대해서, 그 이야기들은 해설처럼 합니다.

여자2 정성우, 욘 크리스텐센은 한국에 다시 오자 잠시 서

울에 머물다가 자신이 태어났다고 추측되는 김해로
가서 대학교 한국어학원에 등록했습니다. 그곳 고시
텔에 거처를 마련하고, 서울과 김해, 부산을 오가며
부모님의 행적을 더듬으면서 한국 생활을 시작했습
니다. 욘에게 남겨진 유일한 기록은 여권에 적혀 있
듯이, 그가 1979년 7월 5일 대한민국에서 태어났다
는 것입니다. 그리고 관계 기관의 도움을 받아 조사
해본 결과 1980년 10월 김해에서 미아로 발견돼 한
보육원으로 넘겨졌고, 그 뒤 부산을 거쳐 노르웨이
로 보내졌다는 사실을 확인할 수 있었습니다. 그러
나 거기까지가 다였습니다.

남자1   이 나라엔 어디를 가든지 나와 닮은 사람들이 있어
요. 편안합니다. 마음이 가까이 가요.

여자2   욘은 사람들도 많이 알게 됐습니다. 그중 몇 명하고
는 친숙하게 지내고, 자주 만나기도 했죠. 어떤 때는
술을 좋아하는 진짜 한국 남자의 모습을 보여주기
도 했습니다.

남자1   김치하고 짬뽕 이제 좋아하게 됐어요. 소주도 가끔
마십니다. 삼겹살하고 먹어요.

여자2   그렇지만 어머니를 찾는 일에는 진전이 없었어요.
홀트아동복지회, 경찰청 실종아동찾기센터, 그리고
한국뿌리협회 같은 곳들이 나서서 흔적 없는 흔적들

을 되짚어보았지만, 짚어서 짚어서 겨우 다다른 데
는 그가 아기였을 때 잠시 맡겨졌던 김해의 보육원
터였습니다. 그곳에 지금은 빌라가, 그것도 아주 오
래돼 보이는 빌라가 자리를 잡고 있습니다. 다시 부
산에서 이름이 바뀐 보육원을 찾아냈지만 이전하기
전의 기록은 다 유실돼 남아 있지 않았습니다. 또다
시 시간이 흐르고, 맥없이 여기저기를 수소문하다,
옛날 그 보육원에서 근무했다는 한 분을 찾을 수 있
었습니다. 이젠 호호할머니가 된 그분은 "야가 효심
이 아들이라꼬? 가 아들이라꼬?" 알 수 없는 이름만
되뇔 뿐 아무런 기억도 남아 있지 않은 치매 노인이
었습니다.

여자1 시간이 갑니다. 이제 두 분은 자기 자신, 욘의 친구
로 등장합니다. 시간이 갑니다.

여자2 욘을 만나러 가는 것도, 그 사람이 저를 찾아오는
것도 뜸해졌어요. 한동안은 잊고 지내기도 했죠.

남자1 간혹 욘 찾았을 때 그가 술을 마시고 있는 모습 자
주 보았어요. 때로는 저한테 술 한잔하러 가자고 하
곤 했지요. 그 뒤로는 혼자 술을 마시는 날 많았던
것 같아요.

여자1 그렇게 시간이 갑니다.

남자1	오랜만에 그 방 가봤습니다. 늦잠에서 일어난 그의 얼굴은 몹시 푸석푸석해 보였습니다. 방 한구석에 지난 여러 밤 마신 소주병과 맥주 캔 들이 줄을 맞춰 서 있었습니다.
여자2	욘, 건강도 생각해야지요. 요즘 얼굴색이 안 좋아 보이는데 병원에 한번 가보세요. 욘은 말없이 웃었습니다.
남자1	욘은 웃으면서 고개를 저었어요. 아닙니다. 괜찮습니다. 나는 괜찮습니다.
남자1	어머어님에 소느을 노호코 돌아아설 때헤에는……!
여자2	너무나 아득하니까 어떨 땐 그 탄식이 공허하기만 했어요.
남자1	저번 주에 오슬로에 계신 어머니한테 편지를 보냈습니다. 그동안 오래 연락 못 해 죄송합니다. 저는 지금도 한국에 있어요. 사실은 생모를 찾고 있었습니다. 어머니께 말씀을 하고 오려고 했지만…… 겁이 났던 것 같습니다. 어머니가 실망하실까 봐. 저한테 섭섭하실까 봐.
여자1	속이 깊은 거라고 할까, 소심했다고 할까.
남자1	어머니, 지금 여기도 오슬로처럼 눈이 와요. 한국의 겨울은 마치 하얀 장난 같아요. 여긴 참 편안해요.

사람들도 편해요. 어릴 때 미국으로 떠났다 돌아온 스티브라는 친구하곤 술친구가 되었어요. 스티브는 오하이오에서 자랐고, 거기서 살다가 어느 날 부모님하고 헤어져 한국으로 돌아왔어요. 범죄하고 연관됐다는 의심을 받고 추방됐다고 하는데……. 이건 왜 들어갔습니까?

여자1 욘이 자주 그 얘길 했어요. 그렇지만 아주 좋은 친구예요.

남자1 나는 배우라면서요. 당신은 배우야, 그랬잖아요. 그런데 배우 자신 얘기가 껴 있으면 마음 제대로…….

여자1 이름도 스티브로 바꿔 넣었잖아요. 이런 사례 드물지는 않다고 해요. 당신 불명예, 모욕감, 그것도 털어 넣으세요. 친어머니를 다시 만난 기쁨, 그 소회도 넣어보구요.

남자1 그렇지만, 그렇지만 아주 좋은 친구예요……. 지난주엔 보덕사에 가서 108배를 했어요. 나는 강도가 아닙니다. 나는 강도가 아닙니다. 백여덟 번 절을 하고 땀은 비처럼 나는데 이 속은 그대로예요. 이미 모든 게 다 더러워져서 씻겨지지 않아요! 그렇지만 아주 좋은 친구예요. 내 입으로? 이것은 코미디입니까, 아니면……. 어머니, 여긴 나와 같은 사람들이 사는 나라입니다. 생모님은 못 찾았어요. 더 이상 방법이 없는 것 같아요. 어머니, 저는 오슬로로 돌아갈 거예요. 어머니는 나를 다시 아들로 안아주실 거죠. 오랜만에 아들 요나스한테도 가봐야겠어요.

여자1 이제 극 안으로 한층 더 들어가보죠. 지금까지는 욘의 이야기를 극의 줄기로 삼아 이어왔다면, 이제 가지와 잎을 내보는 거예요. 준구, 글로리아, 허버트, 선희도 불러보고, 스티브도 등장해볼 수 있겠네요, 그리고 그들의 어머니들도 만나보고……. 엄마 준비하시구요.

남자1 제발, 내 얘기는 빼주세요!

여자1 ……오케이! 스티브 노.

여자1은 탁자와 의자를 여기저기 배치한다. 남자1과 여자2는 대사에 따라 적절한 위치와 각도를 잡고 아들과 어머니의 역할을 한다.

여자1 허버트—, 가명입니다.

남자1 스무 살 때까지 꿈을 꿨어요. 어머니가 저를 찾아오는 꿈. 그 먼 나라까지 저를 찾으러 오는 꿈. 그건 가능한 일이 아니었기에 저 자신 어리석다고 생각했습니다. 그렇지만 똑같은 꿈을 꾸고 또 꾸고, 또 꾸

고……. 그러다가 제가 어머니를 찾으러 가는 꿈을
꾸고 나서 생각했어요. 이건 가능한 일일 거야. 그렇
지만 몸이 쉽게 움직이질 않았어요. 그때까지 저는
양부모님이 저를 버리지 않을까 두려웠습니다. 아니,
두 분은 전혀 그럴 분들이 아니에요. 그런데도…….
불가능한 것을 꿈꾸고, 일어나지 않는 일을 불안해
하는 게 나이 들 때까지 저의 일상이었어요.

여자1   글로리아 어머니 — .

여자2   널 찾다가, 찾다가 어느 세월 내 인생도 여기까지 왔
다. 너를 버린 게 아니야. 내가 버린 게 아니야. 하지
만 누구를 탓할 수 있겠니. 한국에 이런 아버지가 있
단다. 그 아버지는 22년 전에 중학생이던 딸을 잃어
버렸어. 아버지는 딸을 찾다가 기다리다 기다리다,
트럭에 전단을 싣고 전국을 다녔단다. 큰 거리마다,
고속도로 입구마다 출구마다 현수막을 걸고. 내 딸
을 찾아주십시오. 내 딸을 보지 못했나요? 한때 사
라지는 것 같았다가, 그래서 사람들이 잊고 있다가,
또다시 서울 어느 거리에 내 딸을 못 보셨습니까. 다
리를 절고 허리를 못 쓰는 노인네가 되었어도, 내 딸
을 찾아주십시오. 그렇게 20년이 넘게 현수막을 걸

었지. 그 현수막을 볼 때면 내가, 내 마음이 부끄러워서, 무기력한 내가 미워서 그만 죽고 싶었다.

여자1 두 번째 어머니로 가볼까요. 선희 어머니 ─.

여자2 조금만 있다가……. 용서하라는 말, 그 말도 어떻게 입에 올리겠니. 어떤 말을 해도 변명이 될 수 없다는 거 알지만, 나도 어쩔 수 없었어. 이미 아이가 셋이 었는데, 네 아버지는 떠났고, 나는 아무것도 가진 게 없었어. 가서 잘 먹고 잘 크라고……. 다시 찾을 수만 있다면 다시 찾고 싶었지. 그렇지만 찾으면, 찾으면 뭘 할 건데. 잊자, 여기서 지우자 하고 살았지. 그래도 해가 지면 술 없이는 잠을 잘 수가 없었다.

남자1 저 원망 같은 거 없어요. 미안해하지 않아도 돼요. 저도 아버지가 되어보니까, 그냥 한번 만나고 싶었어요. 보고 싶었어요. 물어보고 싶은 말도 없어요. 저를 낳아준 어머니가 이 세상에 계실 텐데 한 번도 안 만나볼 수는 없잖아요. 한 번도 안 찾아볼 수는 없잖아요. 그냥 보고 인사하고 돌아가면 돼요. 시간이 많지 않잖아요. 살날이 많다지만 결국 인생은 짧은 거예요. 어머니는 더 늙어가실 테고…….

여자2   나도 염치가 있지. 그 애가 나를 정말 이해할 수 있을까. 지금은 아니야. 지금은……. 하지만 언젠가는 나도 한번 보고 싶어. 언젠가는, 그 애도 나이 더 들고 나도 더는 사는 것이 벌이 되지 않을 때……. 훌륭하게 자라주어 고맙지. 공부도 많이 하고, 거기서도 높은 자리에서 좋은 일 하고, 나한테는 생각지도 못한 보답이지. 그렇지만 나로서는 같이할 자격이 없는 보답이지. 자랑스럽지만 그게 내 복이 아니라는 건 알지.

여자1   아하, 연의 굴레에서 벗어나버린 존재인데 그 굴레가 없어지진 않네요. 뭐 다른 이야기, 또 다른 생각을 가진 경우 없을까요.

남자1   이런 사람 있어요, 한국에까지 온 사람이지만……들어보세요. 해보겠습니다. 친어머니, 이해는 하지만 당신을 찾지 않을 것입니다. 원망해서 찾지 않는 게 아니에요. 나는 당신 이해합니다. 그래도 잘 살고 있는 거 보여주고 싶었어요. 있는 모습 그대로 당신 앞에 서고 싶었어요. 하지만 그것도 욕심이라고 생각하고 그 생각 버렸어요. 나는 내가 태어난 이곳에 와봤다는 것으로 만족합니다. 이 공기를 마시며 어딘가에서 숨 쉬고 있을 당신. 마치 그리웠던 누군가의 집 앞에 머물렀다 돌아가는 마음이지만, 나는 만족합니다.

여자2 그럴 수 있구나. 너무, 뭐랄까…….

남자1 이럴 수도 있겠다고 생각해서 들려주었지만, 이 사람 이해는 못 하시겠죠. 어쩌면 당당해 보이겠지만 복수의 마음일 수도 있을 겁니다.

여자1 그리움에만 머물겠다. 우리 상식의 폭이 좁았던 건가요? 그렇지만 그쪽은 명백하게 차별과 부당한 처우를 받았으니까, 같은 입양인이더라도 되돌아갈 데가 있는 사람하고는 다르겠죠. 그쪽은 파양됐지만 대신 여기서 친어머니를 찾았으니 그 사람하고는 정확하게 반대편에 서 있는 셈이네요.

남자1 솔직히 말할까요. 입에 있는 걸 뱉어내는 것하고 배속에 든 걸 토해내는 것 너무나 달라요. 그 차원이라고 하는 것이 달라요. 내가 한국으로 쫓겨 와서 기적같이 어머니를 만나고, 용서하고 이해하고 그리고, 내가 너무 감사합니다 말해도, 그리고 이 말들이 절대 거짓말 아니어도, 그렇다고 아름다울 수는 없어요.

여자2 이해해요. 그렇지만 자식을 토해낸 사람, 이해받고 용서받는다 해도 스스로 낸 상처를 영 지울 수는 없을 거예요.

남자1 그렇습니다. 이 사람이 내 안에 있는 또 다른 나의 마음일지도 모릅니다.

입양인 후원단체의 남자2가 들어온다.

여자2 수고 많았죠?

남자2 오슬로에서, 은의 양어머니한테서 답이 왔어요.

여자2 오실 수 있대요?

남자2 당신께서 직접 오실 형편이 못 된다네요. 그렇지만 여기서 장례를 마치는 것도 원치는 않으신대요. 당신 손으로 마무리하고 싶으시다고. 화장을 해서 보내드려야 할 것 같습니다.

여자2 그럼 서둘러야겠어요. 저 상태로 모시고 있는 게 벌써 스무 날인데. 떠나보낼 준비를 해야죠.

여자1 그나마 무연고자로 처리되지 않게 돼 다행이네요.

남자1 은이 죽으면 한국 땅에 묻히고 싶다 말했는데요…….

남자2 부검 결과도 나왔어요. 간경화에 당뇨합병증으로 추정된답니다. 그 몸으로 그렇게 술을 마셨어요.

여자1 몸과 마음이 서로 병을 주고받았네요.

여자2　　　그냥 노르웨이로 돌아가지 않고…….

남자2　　　그리고 편지를 하나 받았어요. 욘의 마지막 편지. 유품 정리한 분이 오늘 찾아와서 전해주었습니다. 그분이 방을 정리하러 갔을 때 방 안에 소주병하고 맥주 캔이 일부러 모아놓은 것처럼 한쪽 벽을 채우고 있더래요. 약봉지, 여러 가지 서류 봉투하고 헌책 몇 권, 방 한구석에 노르웨이에서 찍은 사진 몇 장, 그리고 잘 접어서 봉투에 넣은 이 편지가 있었구요. 어머니에게 보내는 편지.

여자2　　　어느 어머니요? 여기 어머니, 거기 어머니?

남자2　　　글쎄요, 우리 글로 쓰여 있긴 하지만…….

여자1　　　읽을 수 있는 분은 찾을 수 없고, 찾을 수 있는 분은 읽을 수 없고……. 그 편지 한번 읽어보겠어요?

남자1　　　편지를? 소리 내서 읽어요?

여자2　　　마지막 대사가 되겠네요.

남자1　　　어머니, 며칠 전에 사주라고 하는 것 봤습니다. 생년, 월, 일, 그리고 시간 가지고 평생의 운세를 보는 겁니다. 사람마다 네 개의 운세 기둥, 여덟 개의 뜻이 있고, 이게 또 다섯 개 물질, 불, 물, 흙, 쇠, 나무로 구성된다고 해요. 편의점에서 친구하고 맥주 마시다가 간판이 보여서 가봤어요. 저는 토, 흙이 셋, 물이

둘, 쇠가 둘, 불이 하나라고 합니다. 그런데 물은 북쪽을, 쇠는 서쪽을 뜻한다고 해요. 그래서 제가 노르웨이 갔나 봐요. 여기에서는 북쪽이고 서쪽이니까요. 그리고 흙은, 땅은 세 개라 제일 많은데 부모를 특히 어머니를 뜻한대요. 어머니, 내년이면 대운이, 큰 행운이 온답니다. 제가 귀한 사람의 큰 은덕을 입는대요. 그게 누굴까요? 어머니가 아닐까요? 귀인 어디에서 만날까요? 그런데, 저 태어난 시간은 모르잖아요. 그냥 찍었지요. 어차피 점인데요. 그래도 믿고 싶어져요. 저의 생의 모습이 그려지니까요. 어머니, 저는 아무래도 돌아가야 할 거 같습니다. 그런데 어디로 가야 할까요. 이제 돌아가야 한다는 것 알겠는데 그곳이 어디인지는 모르겠어요. 제가 온 곳으로? 그곳이 어디일까요. 그곳이 노르웨이일까요. 하지만 그 전은 한국이었습니다. 또 한국 그 전은 어디일까요. 어딘가를 계속 뒤돌아봐도 나의 그리움에 이곳은 끝내 답을 주지 않습니다. 여기에는 이런 철학 있어요. 사람은 올 때가 있고 갈 때가 있다, 만나면 헤어지고 헤어지면 또 만난다. 그런데 그게 그 모습으로 다시, 는 아닌가 보아요. 내가 모르더라도, 또 당신이 모르더라도 우린 언젠가 어디에선가 다시 만나고 또 만나고 다시 만나고…… 그러겠지요. 생은 길지 않고 만족하지 않더라도 그렇게 이어지나 봅니다. 그러니까 이번 생의 인연에 충실해야겠지요. 어머니, 사랑합니다. 건강하고 평안하세요.

5.
의정부 부대찌개

의정부의 한 식당 홀. 손님이 없는, 오랫동안 영업을 쉬어온 공간이다.

남자1과 여자1, 남자2가 한 가족이고 여자2, 여자3이 모녀간이다. 여자4는 이들과 함께 사는 한국-베트남 혼혈인이다. 여자1과 여자2는 자매간이다.

여자3   그럼 이모부부터…….

남자1   얘는, 안 한다는데…….

여자3   시—작!

남자1   나는 부대찌개 냄비에, 어떻게? 나는 부대찌개 냄비에, 파를 넣습니다.

여자1   아니, 무슨 찌개에 파부터 넣어?

남자1   됐어. 나는 그렇게 해. 다음 빨리 해.

여자1   나는 부대찌개 냄비에 파를 넣고, 소시지를 넣습니다.

여자2 나는 냄비에 파를 넣고, 소시지를 넣고, 햄도 넣습니다.

남자2 나는 냄비에 파를 넣고, 소시지를 넣고, 햄을 넣고, 두부도 넣습니다.

여자3 띠하도 해.

여자4 그럼 빼려고 했어요? 나는 냄비에 파를 넣고, 소시지를 넣고, 햄을 넣고, 두부를 넣고, 물을 넣습니다.

여자2 그렇지. 물을 진작에 넣었어야지. 벌써 다 탔어.

남자2 잘하네요!

여자4 당연하죠.

여자3 다음 나지. 나는 냄비에 파를 넣고, 소시지를 넣고, 햄을 넣고, 두부를 넣고, 물을 넣고, 그리고, 김치를 넣습니다.

남자2 다시, 아버지!

남자1 나는 부대찌개 냄비에 파를 넣고, 소시지 넣고, 햄 넣고…… 두부 넣고…… 무, 물 넣고…….

여자2 왜 이렇게 더듬으셔?

남자1 ……김치를 넣습니다.

여자3 그리고 또, 뭘 넣어요?

남자1 양파도 넣습니다.

여자1 파만 좋아해. 파, 양파! 나는 냄비에 파 넣고, 햄 넣고…….

남자2 소시지 먼저 넣어야지, 엄마.

여자1 파 넣고, 소시지 넣고, 햄 넣고, 두부 넣고, 물 넣고, 김치 넣고, 양파 넣고, 떡도 썰어 넣습니다.

남자1 그럼 썰어 넣지, 떡을 통째로 넣기도 하나?

여자2 나는 냄비에 파 넣고, 소시지 넣고, 햄을 넣고, 두부를 넣고, 물 넣고, 김치 넣고, 양파 넣고, 떡을 넣고, 라면을 넣습니다.

여자1 라면을 벌써 넣니? 다 붇겠다.

남자2 저예요. 나는 냄비에 파를 넣고, 소시지를 넣고, 햄을 넣고, 두부를 넣고, 물을 넣고, 김치 넣고, 양파를 넣고, 떡을 넣고, 라면을 넣고, 버섯을 넣습니다.

여자4 나는 냄비에 파를 넣고, 소시지를 넣고, 햄 넣고, 두부 넣고, 물 넣고, 김치 넣고, 양파 넣고, 떡을 넣고, 라면을 넣고, 버섯을 넣은 다음, 당면을 넣습니다.

여자1 라면 벌써 넣었는데 당면은 왜 넣어? 떡도 들어갔는데.

여자4 원래는 당면을 넣는 건데…….

여자3 게임인데요, 뭐. 아, 내가 다 먹을게요. 나는 냄비에 파 넣고, 소시지 넣고, 햄 넣고, 두부 넣고, 물 넣고, 김치 넣고, 양파 넣고, 떡도 넣고, 라면도 넣고, 버섯을 넣고, 당면을 넣고, 콩을 넣습니다. 이모부.

여자1 콩?

여자3   콩!

남자1   나는 냄비에 파를 넣고, 소시지 넣고, 햄을 넣고, 두부 넣고, 물 넣고, 김치 넣고, 양파 넣고…… 떡 넣고, 라면 넣고, 음…… 버버, 버섯 넣고, 당면 넣고, 콩도 넣고, 음…… 콩나물을 넣습니다.

여자2   콩나물 안 돼요!

남자1   왜 안 돼?

남자2   왜요? 국물 얼큰하고 시원해지는데.

여자3   게임이라니까요, 엄마. 이모 해요.

여자1   그만하면 안 되냐. 이제 더 들어갈 것도 없을 텐데.

여자3   양념 남았잖아요. 갖은양념…….

여자1   나는 냄비에 파를 넣고, 소시지 넣고, 햄 넣고, 두부 넣고, 물을 넣고, 김치 넣고, 양파도 넣고, 뭐냐, 떡 넣고, 라면 넣고, 버버, 버섯 넣고, 당면 넣고, 콩 넣고, 콩나물 넣고, 고춧가루를 넣습니다.

여자2   아휴, 파 넣고, 소시지 넣고, 햄 넣고, 두부도 넣고, 물 넣고, 김치 넣고, 양파도 넣고, 떡도 넣고, 라면도 넣고, 버버, 버섯도 넣고, 당면도 넣고, 콩도 넣고, 콩나물도 넣고, 고춧가루도 넣고, 후춧가루도 넣습니다.

남자2   나는, 냄비에, 파를 넣고, 소시지 넣고, 햄도 넣고, 두부 넣고, 물 넣고, 김치 넣고, 양파도 넣고, 떡도 넣고, 라면도 넣고, 버버, 버섯도 넣고, 당면도 넣고, 콩도 넣고, 콩나물도 넣고, 고춧가루도 넣고, 후춧가루, 넣고, 그리고, 치즈를 넣습니다.

여자1 치즈 안 돼, 스톱! 치즈 스톱!

남자2 왜? 왜 또 안 돼?

여자1 맛이 찐득하고 탁해져.

여자2 엄마 살아 계시면 난리 났어. 송탄 것들처럼 한다고.

여자1 콩에다 콩나물에다가, 치즈까지!

여자3 게임이니까, 할머니도 봐주실 거예요.

여자1 의정부 부대찌개엔 그런 거 없어! 송탄 것들이나 그런 거 넣지! 네 할머니 이러셨을 거다.

남자1 아니, 부대찌개라는 게 어차피 잡탕이야. 냉면 육수나 사골탕을 내는 것도 아니고, 뭘 넣든 맛만 잘 우러나면 되는 거 아냐?

여자1 엄마가 아니라고 했다잖아요, 엄마가, 의정부아줌마 부대찌개집 할머니께서!

남자1 뭘, 그냥 다 그렇게……. 됐어, 그만해!

여자2 형부, 왜 화를 내요?

남자1 누가 화를 내!

여자4 이모부님 왜 화나셨어요?

남자2 원래 노는 걸 정말 싫어하세요. 나도 싫어해요.

여자3	아까 묘원에서 나올 때부터 좀 그러셨어. 음, 원래 술이 깰 때 기분이 좀 안 좋거든.
여자2	우리 제사 탕국 말고 부대찌개로 올려볼까? 어때요, 형부?
여자1	그럴 거면 차라리 탕국에 소시지랑 햄 썰어 넣지.
남자1	따님들이 하시겠다면 나야 뭐라 할 거 있나?
여자2	따하, 주방에 가서 부대찌개 좀 해봐봐.
여자1	얘, 애, 첫 기일에 너 뭐 하자는 거니?
여자2	탕국도 놓고, 부대찌개 놓고.
여자3	엄마 정말이지? 알았어, 내가 제대로 해볼게.
여자4	치즈, 콩, 콩나물은? 넣고요?
여자3	글쎄, 있나 보구.
여자1	얘들이……!

여자3과 여자4, 나간다.

여자2	쟤들 정말 하는 거 아냐?
남자1	그런데 저 아이는 한국에서 났다며. 아버지가 한국 사람이고. 그런데 왜 이름을 베트남식으로 지었지?
여자2	아하, 그게 사연이 좀 길어요.
남자2	그래요? 난 베트남에서 온 줄 알았지.
여자2	쟤 엄마가 베트남에서 사진 중매로 늙은 농촌 총각

한테 시집을 왔어. 화성에서 만나 결혼식 하고, 애도 낳고 고추 농사 상추 농사 지으면서 살았지. 그런데 남자가 처음엔 안 그랬는데, 여자를 때리기 시작하는 거야. 뭐 못 한다고 때리고 잘 못 알아듣는다고 때리고, 술만 먹으면 때리고, 패다 패다 습관이 되고, 시집살이가 점점 지옥이 된 거지. 이러고 살다가는 정말 죽겠다 싶어 엄마가 쟤를 데리고 집을 나왔어. 모녀가 도망을 나온 거지. 남편을 피해서 멀찌감치 서울 이북으로 넘어왔는데, 공장도 다니고, 품삯 농사도 짓고 하다가 시름시름 그만 병이 들어 죽었다네. 머리가 아파 죽었대, 쟤만 남겨놓고.

여자1 쟤가 혼자돼서 여기 식당에 들어와 일을 보게 된 게 우리 엄마 돌아가시기 1년 전쯤이었다네.

여자2 어느 날 엄마가 점심 장사 끝내고 잠시 쉬고 있는데 웬 여자애가 식당에 불쑥 들어와서 밥 좀 달라고 하더래.

남자1 일 좀 달라고 한 게 아니고?

여자2 엄마가 두말 않고 밥을 차려줬지. 그러니까 한 상 잘 먹고 나서 바로 주방으로 가더니 설거지를 하기 시작하더래. 지 엄마 죽고 나서 파주, 동두천 혼자 떠돌면서 공장 일 하다 식당 심부름 하다, 하면서 살았다네.

남자2   그래, 그때 봤다, 외할머니 장례 치를 때. 아무 말 없이 이리저리 나르고 닦고…….

여자2   언니, 이 부대찌개 식당 말이야, 내가 다시 열까 봐.

여자1   왜, 너 이런 쪽은 별로 관심 없었잖아. 엄마 돌아가시고도 문 닫고 거미줄 치는 거 그냥 두고 보더니.

여자2   그래도 언니보다는 내가 더 와봤네요. 다 신중에 신중을 기해 생각을 정리하느라 그랬지.

여자1   너 그 떡볶이집은 어쩌고? 그거 잘된다며?

여자2   잘돼봤자지, 단가가 낮으니까.

남자2   이모, 그거 몸에 안 좋을걸. 가공육 오래 먹으면 안 좋아.

여자1   어차피 식당 하면 몸에 좋을 거 하나 없다. 짠 거 매운 거 맛보지, 불 가까이 하지, 연기 먹지, 가스 먹지, 시간에 쫓기고 스트레스, 손님 없으면 불안하고, 손님 넘치면 정신없고.

여자2   손님 많으면 좋지 뭐.

남자2   그게 일급 발암물질이에요. 그리고 비만에다가 당뇨, 신장염에 고혈압, 고지혈증에 심장에도 안 좋고…….

여자2   참, 오빠는 젊은 사람이……. 그럼, 피자는 좋아? 프라이드치킨은 좋아?

여자3과 여자4, 들어온다.

여자3　　그래도 할머니 오래 사신 편이잖아.

여자1　　엄마, 그거 입에도 안 대셨어. 간 볼 때 맛만 봤지, 당신 식사는 다 따로 하셨단다. 맞지, 띠……하?

여자4　　그러셨던 거 같아요.

남자2　　하면, 의정부식으로 할 거예요? 할머니 하던 거 이어받아서?

남자1　　처제, 계획한 게 있으면 다 내놔봐. 괜찮으면 나도 같이 하게.

여자1　　뭘 또…….

여자2　　좋죠. 어차피 이 식당은 언니하고 나하고 반반이니까, 언니가 허락하면 50프로 투자한 걸로 치고 지분 남겨줄게. 아니면 내가 언니 거 식당 반쪽을 전세로 빌릴까? 여기도 옛날 손님 보고 할 건 아닌 것 같아. 미군 떠나니까 시 전체가 썰렁해. 식당 간판도 바꾸고 인테리어도 새로 하고,

여자1　　너 엄마가 생고생하면서 이거 꾸려가신 거 몰라? 너 지금은 여학교 앞에서 장사하니까 쉽지.

여자2　　나는 저기 경민대학교 학생들 끌어오는 걸 목표로 해보려구요.

남자1　　그래, 좀 새로운 비전을 가지고 시작할 필요가 있지.

여자1   당신은 그거 부동산, 용돈 벌이라도 되니까 그거 신
         경 쓰시오. 엄마 기일에 엉뚱하게 들떠서들 경제개발
         계획 같은 거 세우지 말고.

여자2   들떠서가 아니라니까 언니는…….

여자1   엄마 미군부대에서 부대고기 빼 오느라 그렇게, 존
         슨이지, 부대에서 그거 내준 게, 그거 그랬다고 손님
         받다 말고, 찌개 끓이다 불 내리고는 돈 말아 쥐고
         경찰서 들어가는 게 일이었네.

남자2   그래, 나도 들은 것 같아요. 왜 부대찌개를 존슨탕이
         라고도 한다며. 그 미제 소시지 공급해준 미군 보급
         병 이름이 존슨이라서 존슨탕으로 부르기 시작했다
         죠?

남자1   너 알려면 제대로 좀 알아라. 옛날, 천구백육십, 몇
         년에, 린든 존슨 미국 대통령이 방한했어. 그때 존슨
         대통령이 주한미군을 시찰하다가 의정부 캠프, 캠프
         레드…… 캠프 레드 뭐라는 부대 막사에서 하룻밤
         잤대. 그때 부대 주방장인 쿠크 상사가 각하의 만찬
         으로 가장 한국적인 음식을 만들어서 내왔다고 하
         는데, 그걸 코리안 스파이시 싸시지 스튜라고 불렀
         다가 나중에 존슨탕으로 굳어졌다는 얘기.

여자2   엄마가 경찰한테 먹이고, 존슨한테 먹이고, 그래도
         지랄이면 이쁜 언니들 소개시켜주고, 에휴…….

여자1	너 그거 어떻게 알아? 너 어렸는데.
여자2	하이고, 언니 나이나 내 나이나……. 나 그 언니들하고도 친했다.
여자3	그 언니들?
여자1	너, 너…….
여자2	얘들아, 띠하, 탕국 다 끓었는지 한번 봐봐.
여자4	예, 이모.
여자3	띠하가 탕국을 알겠어?
여자4	그냥 끓었는지만 보면 되니까 앉아 있어요, 언니.
남자2	부대찌개 한다며?
여자3	오빠는 참 아직도……. 그 말을 그대로 듣겠어, 내가 농담 진담 못 가리고?

여자3과 여자4, 부엌으로 나간다.

남자1	이모……?
여자2	그냥 부르고 싶은 대로 부르라니까 그렇게 부르네.
여자1	요 몇 달 같이 있었대요.
여자2	엄마 돌아가시고 띠하한테 갈 데 없으면 와서 떡볶이집 거들라고 했더니 그땐 대답이 없다가 한참 지나서 찾아왔네요. 시켜보니까 일머리가 있고 손끝이 야무져. 저 나이에 손맛을 낼 줄 안다니까.

남자1	아하, 그러니까 부대찌개 한다는 것도 쟤를 믿고 가는 게 있겠구먼. 장모님한테 전수받은 레시피가 있겠고.
여자1	믿기는, 아직 앤데.
여자2	뭐, 사실 그런 것도 있고…….
여자1	……나 클럽도 들어가봤다. 언니들 옷 입고, 스카프 쓰고. 엄마한테 들키는 것보다 미군 아이들이 손잡을까 봐 그게 더 무서웠지.
여자2	그래, 그랬지.
여자1	뭐야, 너도? 그때 네가 몇 살인데?
남자1	이거 이거 이거, 이 자매들 안 되겠구먼. 아주 애 때부터 까져가지고, 19금으로…….
여자2	그때 클럽에서 자주 패싸움이 일어났어. 백인 병사들하고 흑인 병사들하고 싸우면 총질만 안 했지 난리도 아니었어. 그러다 하얀 쪽이 이기면 밴드가 컨트리송을 틀고, 검은 쪽이 이기면 블루스를 연주했지.
남자2	이모가 더 잘 아시네.
남자1	이 시스터즈 문제 많았군.
여자2	형부도 곧이듣긴. 그냥 들은 얘기예요.
여자1	네 형부가 나이만 자셨지 좀 순진하거든.
남자1	아니야, 계속 나오는 얘기가 아무래도…….
여자1	당신, 우리 엄마 이런 동네에서 장사했다고 우습게

알았지?

남자1   누가 우습게 알아?

여자1   당신 우리 엄마를 당신 엄마, 당신 엄마 불렀잖아.

남자1   그건 당신이 미울 때 그런 거고. 난 장모님, 어머님, 깍듯했어.

여자1   당신 의정부 가자고 하면 늘 무슨 핑계라도 대고 안 오려고 했잖아.

남자1   멀어서 그랬지. 시간이 없으니까 그랬지.

여자1   우리 엄마 청소년선도위원도 하고 여기 종합학교에 장학기금도 만들어줬어. 언니들 자립복지사업도 다 해주고…….

남자1   누가 뭐래? 나 장모님 존경해! 그래도 내가 교직에 있다고 장학기금 그거 하실 때 나 찾아오셔서 의논하시더라.

여자2   그랬어요?

여자3과 여자4, 다시 들어온다.

여자3   엄마, 이모부, 상 대충 차려놨으니까 마무리 정리 하세요. 아, 탕 끓이면서 생각해봤는데요. 그거 부대찌개, 의정부냐 송탄이냐 한 가지로 할 게 아니라 나도세프식으로 하면 어때요?

남자2   그게 뭐야, 나도셰프식?

여자3   식재료 두루 갖춰놓고 손님이 선택해서 해 먹게 하
         는 거야. 왜 스키야키 바 있잖아. 스토브 하나씩 놓고
         재료 골라서 담아 주면 혼자 알아서 끓여 먹는 거.

남자1   아, 나도 타이베이에 갔을 때 샤브샤브 그렇게 먹었
         어. 식당에서는 물하고 불, 냄비만 주더라고. 탁자에
         인덕션 돼 있고.

여자3   부대찌개 재료들 죽 갖춰놓은 바로 손님이 와서 냄
         비에 골라 넣는 거지요. 소시지에 햄에, 베이컨을 넣
         든 살라미를 넣든 고기 다진 민스를 넣든, 당면을
         넣든 라면을 넣든 떡을 넣든, 거기다 치즈를 넣든 말
         든 김치를 넣든 말든, 콩을 넣든 콩나물을 넣든 스
         위트 콘을 넣든…….

남자1   쑥갓을 넣든 미나리를 넣든…….

여자3   어차피 백년 전통 아니면 고객 중심으로 가는 거죠.

남자2   그래, 부대볶음하고 부대떡볶이도 특별 메뉴로 내놓
         는 거야.

여자3   오빠가 그런 것도 알아? 가봤어?

남자2   홍대 앞에 그런 거 있지.

여자1   원래 부대볶음 그게 동두천이 원조야.

남자1   야, 그럼 해군부대찌개도 하면 되겠다.

남자2   해물을 넣고요? 오징어, 꽃게, 주꾸미, 홍합, 새우, 미

더덕 등등등.

남자1 얼큰하게, 해장에도 좋게.

여자1 하이고, 남자들은 그저 해장, 해장…….

남자1 해장이 있으니 탕이 있고, 탕이 있으니 해장이 있는 거야, 이 사람아. 뭐 알아?

여자1 당신 사무실 비우고 거기서 해군부대찌개 하시든지, 공군부대찌개를 하시든지. 들어가, 이제.

남자1, 남자2, 여자1, 여자2 내실로 들어간다.

여자4 언니는 안 들어가세요?

여자3 난 제사 지내는 거, 이런 거 왠지 이상해. 연극하는 거 같기도 하고 쇼하는 거 같기도……. 아까 묘원에서도…….

여자4 교회 다니세요?

여자3 그런 건 아닌데, 조금 있다가. 띠하 들어가봐. 할머니한테 같이 절도 하고.

여자4 저도 조금 있다가요.

여자3 띠하, 왜 이름을 새로 지었어? 한국 이름이 있었을 거 아니야?

여자4 원래 이름은 한국 이름이었어요. 엄마랑 이쪽으로 온 뒤 늘 아버지가 찾아오는 꿈을 꿨어요. 늙은 아버지가 현관문을 열고 들어오고, 잠긴 방문을 열고 들어오고……. 꿈에서 깨면 이부자리가 젖을 정도로 무서웠지만, 불쌍하기도 했어요. 나이가 차니까 이제 아버지 모습은 아니지만 뭔가에 쫓기는 꿈을 계속 꿨어요, 엄마가 병으로 누울 때까지……. 띠하는 엄마 이름이었어요. 엄마가 얼마 못 살고 고생만 하다가 일찍 죽어서 너무 불쌍하고 미안했어요. 엄마 화장하고 나서 유골을 모시고 갈 곳이 없더라구요. 그때 생각했어요. 내가 엄마 몫까지 살자. 내가 엄마 이름으로 살면 엄마가 그만큼 더 사는 셈이 아닐까…….

여자3 그랬구나. 그럼 띠하 오래 살아야겠네. 그래야 엄마도 오래 사시는 거고.

여자4 저 성도 새로 지었어요. 남씨. 남쪽 나라에서 왔으니까 남씨. 엄마 고향 이름을 따서 하이퐁 남씨.

여자3 띠하가 하이퐁 남씨 시조가 되는 거네.

여자4 그러네요. 하지만 난 할머니를 첫 어머니로 모시고 싶어요. 갈 데 없는 나를 받아주신 할머니. 띠하, 띠하 엄마 띠하, 그리고 할머니……. 이렇게 조상으로 하고 싶어요.

여자3 할머니 잘 모셔야겠다. 그럼 시조 할머니한테 절하러 들어가볼까?

어디선가 목소리가 들려온다. "얘들아, 어서 들어오지 않고 뭐 하니!"

여자4 할머니 목소리다! 이거 할머니 목소리 아니에요?

여자3 글쎄……. 그런가?

안에서 여자1의 목소리가 들린다.

여자1 어서 들어와!

사이코패스

등장인물　　명보(669호)

수녀

박 회장

김 사장

김 이사

차 실장

기타 치는 여인(장수봉)

4001호

1004호

강 부장

에리카

민 부장

영자 씨

법의학 학생

법의학 교수

기자

형사

앵커

검사

몽룡 씨

몽라 씨

몽미 씨

이 실장

자애 씨

주민1, 2, 3, 4

최 수석

양 비서

장 비서

금 비서

서 비서

임 실장

사장1, 2, 3, 4

공간   교도소 특별 면회실

대저택의 거실 같은 사무실 또는 룸

교도소 감방 또는 담 밑 양지바른 곳

블루하우스 바 또는 룸

저택의 거실

교도소 특수 시설 또는 과학수사연구소

경찰서 조사실 또는 커피숍

방송국 또는 교도소 특설 스튜디오

지하 벙커의 긴급상황실

마을회관

회의실

교도소 내 후미진 곳

마을회관 또는 지역 상공회의소 회의실

―――   위의 인물들 중 특정 역할을 특정한 연기자가 전담할 필
요는 없으며, 명보를 포함하여 각각의 인물을 연기자들이
번갈아 맡아 표현할 수 있다.

1장
엄마야 누나야 1

교도소 특별 면회실.

─명보, 수녀

탁자를 사이에 두고 명보와 수녀가 앉아 있다. 푸른 수의(囚衣)를 입은 명보는 왼쪽 가슴에 붉은색 번호표(669)를 달고 있다. 한동안 끊겼던 이야기를 잇듯, 명보가 천천히 입을 연다.

>……끝내 엄마는 오지 않았지. 그렇게 시간은 흐르고, 모래사장에 앉아 엄마를 떠올리면 모습은 벌써 희미하고 냄새만 남았는데, 강바람이 그마저 코끝에서 씻어 가곤 했지. 그래도 누나가 있었지만, 그 냄새는……. 누난 아직 어렸으니까.

명보   단봇짐을 이고 메고, 또 하나는 누나 등에 달고, 어머니와 누나 그리고 나는 강을 따라 걸었어요. 아버지를 찾아가는 길이었죠. 기억 속에도 없는 아버지를, 어머니는 이웃 마실로 찾아가듯 그렇게 길을 나섰습니다. 집을 떠난 지 이레째 되던 날인가. 우린 모래 고운 강변에 앉아 있었어요. 새벽에 남의 집 부엌에서 만든 주먹밥을 하나씩 물고서. 저 앞에, 거룻배가 몸채를 반은 모래사장에 얹고, 반은 물에 담근 채 삐걱거리고 있었죠. 물 너머엔 낮은 산이 물그림자를 내리고, 그 산을 가로로 가르면서 길이 나 있었어요. 뱃사공인 듯, 한 사내가 나타나 삿대를 세웠습니다. 어머니는, 쩌 건넛말 이장 댁엔 전화가 있을랑가, 하면서 거룻배에 올랐어요. 삼다수도 내 사갖고 오께, 하면서…… 누나와 난 모래사장에 앉아 어머니를 기다렸습니다. 산그림자는 물속에 깊숙이 잠기고…… 어느새 해가 지고 있었어요. 모래밭은 황금빛으로 반짝이고 등 뒤에선 갈대가 바람에 서걱거렸습니다. 누나가 치마를 감아올려 앞 허리에 맸어요. 무명 속곳 아래로 다리가 아직 가늘었습니다. 나도 바지를 걷어 올렸어요. 누나를 따라 강물로 들어갔죠. 날이 어두워지기 시작한 건 그즈음이었는지……. 사람들이 우리를 건져 모래 위에 뉘었을 때는 산등성이 위로 저녁달이 올라오고 있었어요. 저쯤 보이는 산굽이 모양이 변했으니 한참을 떠내려왔던 건가……. 강변마을 지나 낮은 산 하나 너머, 교회 목사님이 우리를 데려갔어요. 이마가 넓고 말없이 웃는 분이었습니다. 교회 지붕 위로 검은 하늘 가운데 빨간 네온 십자가가 빛났어요. 교회엔 보육원이 딸려 있었는데, 거기에 이미 여섯 아이들이 있었지요. 제일 나이 많은 두식이 형은 열다섯이었는데, 교회 사택엔 목사님 아들도 셋 있었고, 우리는 보육원 원장인 목사님을 아버지라고 불렀어요. 나는 늦은 아침을 먹고 나면 산 넘어, 마을 질러 강변으로 갔습니다. 어머니를 기다린 건 아니지만 매일 갔어요. 저녁 햇살에 모래가 금색으로 빛나고 갈대가 서걱거릴 때까지 앉아 있다 돌아오곤 했죠. 그해 겨울은 몹시 추웠는데, 그 겨울에도 고뿔이나 몸살을 심하게 앓는 날을 빼곤 매일 강변에 나갔습니다. 이듬해 봄 어느 날, 햇살은 따사로웠고, 눈썹 끝에 붙들어도 어머니 모습은 자꾸 달아나곤 했어요. 나는 누워 눈을 감았지요. 감았다 뜨면 하늘은 파랗고 또 노랗고, 붉다가, 그러곤 잿빛이었어요. 나는 눈을 떴어요. 춥고, 벌써 어두웠습니다. 나는 일어나 보육원으로 돌아갔어요. 이미 저녁 시간은 지났기에 부엌으로 질러갔죠. 귀찮게 누나를 조르느니 손수 뒤져 먹으려고요. 부엌문을 열려 하는데 안에서 무슨 소리가 나요. 여자 울음 같기도 하고……. 나는 천천히 문을 밀었어요.. 어두워서 잘 보이지 않지만 전자레인지가 켜져 있었어요. 그 안에 하얀 그릇이 천천히 돌고 있는데, 그 불빛 아래, 이제 보이기 시작해. 저기 바닥에 누가 엉덩이를 까고……. 아버지의 살찐 엉덩이였어요. 그리고 그 아래 누나가 울면서……. 엉덩이가 아래위로, 아래위로……. 나는 마당으로 나와 벽돌을 집어 들었어요. 많았죠, 벽돌은. 새집을 지으려고 마당에 모래를 쌓아놓고 벽돌을 만들고 있었거든요. 나는 부엌으로 돌아가 벽돌로 아버지를 내리쳤어요. 어 억, 아버지와 누나의 비명이 겹쳐 들렸지요. 나는 그 길로 보육원을 떠났습니다.

나보다 그림자가 앞에서 먼저 뛰었지. 명보야, 명보야……. 누나 목소리가 뒤따라왔어. 아니, 그건 그저 내 귓속에서 울리는 소리였나? 가지 마, 명보야, 가지 마……. 나는 고개를 흔들면서 누나 목소리를 떨쳐냈어. 그게 마지막이었지. 그 후로 누나를 다시 볼 수 없었으니까…….

수녀가 손수건을 꺼내 눈가를 찍는다.

2장
알 수 없는 사람들 1

대저택의 거실 같은 사무실 또는 룸.

—박 회장, 김 사장, 김 이사, 차 실장, 장수봉(기타 치는 여인)

커다란 소파 세트에 앉은 박 회장, 김 사장, 김 이사, 차 실장이 차를
마시고 있다. 한 여인이 비껴 앉아 기타를 친다. 간간이 노래도 부른다.

박 회장 오시느라 수고들 했습니다. 오늘 여러분을 이렇게
오시라고 한 것은, 그동안 제가 구상한 계획이 있어
서 설명도 드릴 겸……. 자, 차 드세요. 김 사장님,
김 이사님, 차 드세요. 차 실장님, 차 드세요. 이거 괜
찮은 거예요. 홍콩유나이티드드래곤스 탕 회장이 보
내온 겁니다. 얘기 시작하기 전에, 김 사장님, 자사주
문제는 잘 마무리됐죠?

김 사장 그럼요, 회장님. 어제까지 총 발행 주식 32퍼센트 매

수 완료했습니다.

박 회장　수고 많았어요.

김 사장　덕분에 회사 보유 현금, 잔고 바닥났습니다. 부채율 천 퍼센트가 넘었습니다.

차 실장　거 다시 팔면 되지 않겠습니까. 이제 주가가 막 치솟을 텐데.

박 회장　아니, 그거…… 매입한 주식 폐기해버리세요.

김/김/차　예에?

차 실장　그게 무슨 말씀입니까, 회장님.

박 회장　주가라는 게 한번 오르면 다시 내려갈 때가 있는 법 아니겠어요. 우리가 보유한 주식을 폐기해버리면 주식 가치가 상승한 상태에서 고정되지 않겠습니까.

차 실장　그렇군요. 그렇습니다, 회장님.

김 이사　그렇다고 그 가치가 어디 영원히 가나? 회장님 지금 제정신입니까?

박 회장　……나라고 생각이 없겠나. 가치가 하락하기 전에 회사를 팔아버리면 되지 않을까…….

김 이사　팔아? 누구 맘대로!

차 실장　계속 말이 짧네.

박 회장　네가 할래, 대표이사?

김 이사　이 회사 뭐, 박 회장, 님 혼자 세웠나?

차 실장　어허, 이게……!

김 사장　김 이사 조심, 조심, 말조심!

박 회장　그래서 의논을 해보자고 한 거 아닌가.

김 사장　회장님, 생각해보십시오. 이 명보테크 인수 합병할 때 아우들, 아니, 우리 사원들 얼마나 희생을 했습니까. 히카리는 경제사범으로 총대를 메고 구치소로 발령받았습니다. 전기톱 쓰다 헛방 날리고 분쇄기에 쓸려 들어간 고 부장, 우리 사업 시작할 때부터 빨갱이로 맺은 형제 아닙니까.

김 이사　우리 막내였죠.

김 사장　그 고 부장, 빗자루하고 진공청소기로 주워 담았지요.

박 회장　그래, 고 부장……! 아직 젊은 나이에……. 그 친구 얘긴 왜 또 꺼내가지고……!

김 이사　이럴 게 아니라, 우리 술 한잔하죠, 형님.

박 회장　……난 아직 혈압에 차도가 없어서…….

김 사장　나는 이거 위궤양이, 이거 왜 낫질 않는지…….

차 실장　나는 당뇨가 심합니다. 맥주도 먹지 말라고…….

박 회장　김 이사는 간경화라며? 마셔도 되겠어요?

김 이사　회사를 엎네 마네 하는 판에 까짓 간이 문제겠습니까!

박 회장　기타 치는 여인, 자네가 김 이사랑 대작해주겠나?

장수봉　저는 알코올성 정신착란이 있답니다.

김 사장   젊은 사람이…….

김 이사   됐습니다, 됐어요. 차 마시지요.

박 회장   그래요. 차가 얼마나 좋은 건데.

김 이사   그런데 수봉이, 노래하는 여인이 안 보이는군?

차 실장   패티는 지검장님이 찾으셔서 보냈습니다, 회장님.

박 회장   그랬군요.

김 이사   또! 차 실장, 쓸데없는 짓을……!

차 실장   내가 뭘…….

박 회장   김 사장님, 우리가 만난 지도 30년이 되는군요. 학교에서 처음 만났을 때, 우리 참 어렸었죠.

김 사장   저는 열여덟이었죠.

박 회장   저는 열여섯이었구요. 둘이 참 많은 곳을 전전했어요. 광주 천변으로 부산항 부둣가로 대구 나이트로……. 우리 고향 마을에 한번 같이 간 적 있지요, 김 사장, 님?

김 사장   금모래말이오……?

박 회장   고향이랄 것도 없습니다. 내 기억을 따라가다 보면 그곳 말고는 더 닿을 데가 없으니 고향인 거지요. 아버지라 불렀던 자, 보육원 조 목사만 아니면 거기서 농사짓고 그곳 처녀와 결혼해서 아이들 키우면서 살고 있을지도……. 혜숙이……. 어느 봄날 오후, 나는 강변 모래밭에 앉아 있었지. 햇살이 점점 식어

가면서 해는 서쪽으로 기울고, 이내 강 너머 산 능선 뒤로 내려갔어. 금빛 모래밭에 어둠이 깔리기 시작하면서 내 결심도 굳어졌지. 그래 뜨자, 씨팔. 혜숙이랑 도망가자. 짐이랄 것도 없고, 보육원으로 돌아가 혜숙이 손목만 잡아끌면 된다. 나는 일어나 바지에 묻은 모래를 털었어. 보육원에 도착했을 때 이미 날은 완전히 어두워졌더군. 나는 부엌을 향해 더듬이로 갔어. 어두웠으니까, 씨팔. 저녁 시간은 지났지만 뭘 먹어야 할 것 같더라구. 부엌문으로 다가가는데 누군가 엎드려 문틈으로 안을 엿보고 있는 거야. 혜숙이 동생이었어. 그리고 안에서 무슨 소리가 들렸어. 여자 울음소리 같기도 하고……. 나는 동생 놈 뒷덜미를 잡아 끌어내고 천천히 문을 열었지. 어두워서 잘 보이지 않았는데, 아궁이에 불씨가 남아 있었어. 희미한 불빛을 받고 이제 보이기 시작하는 거야. 부엌 바닥에 누군가 엉덩이를 까고, 씨발……. 꼰대 엉덩이였어. 그 밑에서 혜숙이가 울면서……. 엉덩이가 아래위로, 씨팔, 아래위로……. 나는 마당으로 나와 벽돌을 집어 들었어. 많았지, 벽돌은. 새집을 지으려고 마당에서 벽돌을 만들고 있었거든. 부엌으로 돌아가 벽돌로 꼰대 뒤통수를 찍어버렸어. 비명 소리가 겹쳐 들리더군. 나는 그길로 보육원을 떠났지.

김 사장   그게 마지막이었군요, 씨팔. 그 혜숙이라는 깔치는 그 뒤로……?

박 회장   사업 얘기나 합시다. 우리 회사 내놓읍시다. 우리 매입가, 투자액 합친 거 스무 배 이상은 들어올 겁니다.

차 실장   그런가요? 그렇담 대박입니다, 회장님!

김 이사   업종 전환이란 말씀이죠?

박 회장   아니요. 회사 정리되면 난 이쪽 은퇴합니다.

김 사장   은퇴라니요, 회장님?

차 실장   회장님이 은퇴하시면 저희끼리 어떻게……?

박 회장   각자 지분이 있지 않아요. 지분 배당은 정확히 할 겁니다.

김 사장   임자는 나선 겁니까?

박 회장   하나둘금융 있지 않습니까. 그쪽에서 관심을 보이더군요.

김 사장   그 회사도 요즘 동맥경화라고 들었는데…….

박 회장   내가 수혈 좀 하면 살아날 겁니다.

김 이사   무슨 자금으로……?

박 회장   우리 명보테크 자사주 빼고―여러분들 지분 빼면 내가 지배주주 아닙니까―그걸로 하나둘금융 출자해서 움직이면 명보테크 인수 가능하고, 명보 자본 수혈해서 건전화하면 하나둘금융 다시 살아나는 거지요. 그 뒤에…….

차 실장 돌리고 돌리고…….

김 사장 그게 가능한 일이겠습니까?

박 회장 왜 안 돼? 어느 놈이 하면 되고 좆도, 내가 하면 안
돼?

차 실장 탁월한 지략이십니다, 회장님.

김 이사 그럼 우리는? 그 알량한 주식이나 먹고 떨어지라
고?

김 사장 그것도 곧 사망할 회사 주식을…….

박 회장 그러니까 사망 선고 전에 처분해서 주류 유통업체
라도 돌리면 되지 않을까요?

차 실장 저는 회장님 끝까지 모시겠습니다. 거두어주신다면
직위에 상관없이 모시겠습니다.

김 이사 우리더러 그때처럼 이 골목 저 골목 다니면서 삥이
나 뜯으라고?

박 회장 금융은 자기들 안 돼. 젊은 애들하고 될 거 같아?

김 이사 차 실장, 너 이 새끼!

차 실장 왜? 내가 뭘?

김 이사, 칼을 꺼내 차 실장을 찌른다.

김 이사 패티를 왜 보내……! 회장님, 이런 버러지 같은 인간

하고 사업이 되겠습니까? 사업 안 돼요!

김 이사, 박 회장을 찌른다.

김 사장   판준아, 너 왜 이래?

장수봉   회장님, 괜찮으세요?

박 회장   난 괜찮아…….

김 이사   김 사장님, 쌍구 형, 나랑 나갑시다.

김 사장   패티 찾으러?

김 이사   하나둘금융 마 회장, 손 좀 봐줘야 할 거 같습니다.

김 이사, 김 사장을 끌고 나간다.

박 회장   수봉이, 기타를……. 노래도 부탁하오.

장수봉이 기타를 치며 노래하기 시작한다.

박 회장   ……꼰대하고 혜숙이 비명 소리가 겹쳐 들렸어. 나는 돌아서 나오다 동생 놈 이마를 벽돌로 내리쳤어. 못난 놈, 누나가 그 꼴을 당하는데 동생이란 새끼가……. 나는 그길로 보육원을 떴지. 오빠, 오빠, 가지 마. 혜숙이 목소리가 뒤따라오는 것 같았어. 오

빠, 나는 어떡하라고. 가지 마아, 오빠. 좆이나 씨팔,
나는 뒤도 돌아보지 않고 계속 뛰었어, 계속…… 계
속…… 계에속…….

3장
푸른 수염 이야기 1

교도소 감방 또는 담 밑 양지바른 곳.

— 명보(669호),, 4001호, 1004호

명보가 수인들에게 이야기를 들려준다.

명보   얘들아, 내가 옛날얘기 하나 들려주랴?

수인들, 명보 앞으로 다가앉는다.

명보   옛날에 옛날에 얼굴에 푸른 수염이 난, 아주 무섭게
         생긴 남자가 살았단다.
4001호 수염이 파랗다구요? 염색했대요?
1004호 수염이 파라면 거시기 털도 파란가요?
명보   이야기 듣기 싫으냐?

1004호	아니어요. 해주세요.
4001호	해주세요. 해주세요.
명보	푸른 수염, 그 남자 부자였지. 이웃집에 고딩 하나, 중딩 하나 두 딸이 있었더란다. 그자는 둘 중 한 명과 결혼하고 싶어 했지만, 모두 청혼을 거절했다는구나. 무섭다고. 게다가 그자는 이전에 몇 번인가 결혼을 했는데, 그 뒤 와이프들이 모두 어떻게 됐는지 아무도 모른다고 하니, 것도 께름칙했던 게지. 그래서 푸른 수염은 환심을 사려고 이웃집 가족을 그의 캐슬에 초대해 파티를 열었다지. 결국 두 딸 중 동생인 중딩이 마음을 돌려 그자와 결혼을 했다는구나.
4001호	아무래도 고딩보다는 중딩이 더 싱싱하고…….
명보	자꾸 꼽사리 낄 테냐?
4001호	죄송합니다, 형님.
명보	한 달 뒤, 푸른 수염은 비즈니스 여행을 떠나게 됐다면서 와이프한테 열쇠 꾸러미를 맡겼단다. "어느 방이든 다 들어가도 되지만 저어어기 작은 방 하나만은 절대, 절대 들어가지 마시오. 알겠소?" 하고 당부하면서. "만약 그 방에 들어가면 나의 꼭지가 돌아 회전을 멈출 방도가 없을 것이오." 이렇게 경고를 붙이면서 말이지. 그런데, 뭘 하지 말라고 하면 꼭 해보고 싶은 게 인간의 마음 아닌가. 하물며 한창 호

기심 꼴리는 중딩임에랴……. 어린 와이프는 궁금증이 축축하게 젖어오는 것을 어찌하지 못하고 결국 금지된 방의 문을 연 것이야. 어두웠지. 창문이란 창문은 모두 밖은 빨간색, 안은 검은색 커튼으로 막아 버렸으니까. 처음엔 아무것도 보이지 않았지만 차차 눈이 어둠에 익게 되자 보이기 시작했어, 모든 것이. 바닥은 온통 피가 말라붙어 있고 벽에는 토막 난 여자들의 시체가 차곡차곡 쌓여 있었던 것이야. 팔 하나, 팔 둘, 다리 셋, 다리 넷, 머리 다섯…….

1004호 에그머니나, 그게 다 누구……?

4001호 쉿! 조용히 햐…….

명보 그 시체들은 푸른 수염하고 결혼한 뒤 차례차례 사라졌던 엑스와이프들이었던 것이었던 것이야.

1004호 에그머니나! 내 그럴 줄 알았어.

4001호 잘났어. 조용히 햐…….

명보 너무 놀라서, 중딩이 와이프는 열쇠를 바닥에 떨어뜨렸겠다. 바로 주웠지. 그런데 이상하게도 이때 열쇠에 묻은 핏자국이 아무리, 아무리 지우려 해도 지워지지 않더라는 것이야.

4001호 고럼, 안 지워져야 이야그가 되지.

명보 자꾸 토 달 테냐? 바로 그날 갑자기 출장에서 돌아온 푸른 수염은 와이프한테 열쇠 꾸러미를 달라고 해. 줄 수밖에, 부들부들 떨리는 손으로. 푸른 수염은 열쇠에 피가 묻은 것을 보고는 이렇게 말하는 것이야. "아아아아아아아, 기어이 방문을 열었군. 그러니 이제 자기도 그 방에 가서 성님들 옆에 자리를 잡게 될 터, 각오하시오!" 그리고 그자가 어린 와이프의 머리채를 잡고 칼을 목에 갖다 댔어. 바로 그때…….

1004호   중딩이 사촌 오빠가…….

4001호   저번 학기 담임선생이…….

1004호   원조 교제 하던 아저씨가…….

4001호   엄마의 남편인 새아버지가…….

명보   으헤헤헤헤헤헤, 너희는 내 이야기 속의 깊은 뜻을 짚을 줄 아니, 가히 나의 제자가 될 만하구나.

4장
알 수 없는 사람들 2

블루하우스 바 또는 룸 / 저택의 거실.

—강 부장, 에리카 / 민 부장, 영자 씨

강 부장은 바 또는 룸에서, 민 부장은 거실에서 전화 통화 중이다.

강 부장　　……어디? 나와.

민 부장　　어디?

강 부장　　블루하우스.

민 부장　　딴 데 가볼 데가 있어.

강 부장　　안됐군. 뒤태 좋은 고양이 한 마리 소개해주려고 했
　　　　　　는데. 몇 시에 들어가니?

민 부장　　어딜?

강 부장　　블루하우스. 씨팔, 난 귀도 없는 줄 아니?

민 부장　　또 샜군. 거기서 뭐 하니?

강 부장   한잔 빨고 있다. 깡패 새끼 하나 끌고 와야 하는데,
　　　　　어째 발이 무겁다.

민 부장   네 스폰선가 보구나.

강 부장   회장님은 나 같은 인재는 관리 안 해주시나?

민 부장   너도 이제 부장인데 뭘 장학금을 바라니.

강 부장   대검 왕부장하고 지검 똥부장하고 같냐. 누구는 고
　　　　　시 수석, 연수원 수석, 승진 선두주자, 회장님 사위,
　　　　　누구는 도둑놈, 깡패 잡으러 다니는 땅개……. 차원
　　　　　이 다르지. 이제 조직의 명예를 걸고 칼을 품고 블루
　　　　　하우스로 들어가신다……!

민 부장   정의를 세우기 위해서는 누구와도 마주 선다. 그게
　　　　　우리 아니니.

강 부장   씨팔, 정의 좋아하네. 이번 수사 후보님한테 바치는
　　　　　선물이라는 거 모르는 사람 있나?

민 부장   쓸데없는 소리 한다.

에리카가 들어와 강 부장 옆에 앉는다.

강 부장   어쨌든 나도 후보님한테 충성! 줄 선 거다.

강 부장, 전화를 끊는다.

에리카	누구?
강 부장	대학 동기. 크게 되실 분이지. 우리 에리카가 한번 모셔볼래?
에리카	몇 시에 가요?
강 부장	이 잔이 비면.

영자 씨가 거실로 나온다. 장애가 있는 듯, 표정이 일그러져 그의 말은 잘 알아듣기가 어렵다.

영자 씨	식사하고 나가세요.
민 부장	동료들하고 같이 하기로 했어요.
영자 씨	그럼 십전대보탕이라도 드시고 가세요.
민 부장	나 괜찮아요!

에리카	한 잔 더.
강 부장	곧 나올 거야. 내가 찍어주는 변호사 써.
에리카	이제 우리 오빠까지 잡아서 팔아먹겠다. 그게 당신들 의리야?
강 부장	범죄와의 전쟁이란다, 씨팔. 어떡하니.

영자 씨	여자 만나세요?
민 부장	내가 여자가 어디 있어요?

에리카	부장님이 개업해서 변호해주시지. 옷 벗겨드릴까?
영자 씨	저 다 이해해요.
민 부장	글쎄 뭘 이해한단 말이오?
강 부장	부탁이냐, 아니면…… 협박?
에리카	제가 어떻게 감히…….
민 부장	나, 당신밖에 없어요. 알잖아요.
에리카	뭘 해줄까?
영자 씨	어디 가세요?
에리카	명보파이낸스 마 회장하고 말 타는 사진 신문사에 보내줄까?
영자 씨	검은 양복에 넥타이 매고 골프장 캐디 만나러 가시나?
에리카	하나둘테크 추 사장하고 춤추는 사진 인터넷에 올려줄까?
영자 씨	대학교 때 미팅했던 음대 년 만나러 가시나? 연수원 시절 같은 버스 타던 변호사 년 만나러 가시나? 지난번에 기소유예 해준 회장 년 만나러 가시나?
에리카	공채 47기 애들 물 좋다는데 한번 맛보실까? 뒤로 한번 대드릴까? 신사임당으로 감싸 쥐고 쪽쪽 빨아줄까?
강 부장	그만해라.
민 부장	사실, 청와대 갑니다.

영자 씨   이 시간에 거길 왜요?

민 부장   언론 눈에 안 띄게 들어와달라고 해서…….

영자 씨   누가요? 여사님이요?

에리카   나가요. 군용 담요 준비해놓으라고 했어요. 그거 펴고 하는 거 좋아하잖아.

민 부장   VIP 비자금 건 방문 수사 하러 갑니다.

강 부장   그게 아니라니까…….

영자 씨   아버지는 아무 말 없으시던데요. 그 정도 일이라면 비서실에서…….

에리카   나가자니까.

민 부장   워낙 급하게 정해진 일이라…….

강 부장   한잔 더 마시고.

민 부장   비서실이라도 벌써 정보 빼내진 못했겠지.

영자 씨   당신 다치는 거 아녜요?

에리카   그럼 뭐로 해줄까? 수첩 보여줄까? 당신한테 잃어준 거 다 적어놨어.

민 부장   그 집에 있는 그 사람, 왠지 30년 전 아버지를 벽돌로 치고 도망친 그자를 닮았어.

강 부장   해보지. 내가 다칠 것 같아?

영자 씨   독실한 분이신데 그럴 리가 없어요.

민 부장   나이롱신자인지도 몰라요.

에리카   정말?

영자 씨   주님은 나이롱을 알아보시죠.

강 부장   해보라니까.

민 부장   그런데 내가 뭘 주저하고 두려워하겠소. 이 내 가슴 속엔 오직 정의만 있을 뿐이오.

영자 씨   당신 같은 분이 이 나라를 끌어가야 해요.

에리카   웃긴다. 오빠가 당신한테 얼마나 잘했어.

영자 씨   그래서 아버지께서 당신한테 저를 맡기신 거예요.

민 부장   장인어른, 회장님께서 믿어주신 걸, 그걸 다 어떻게 보답할지…….

에리카   회사 안에서 칼부림까지 나고…….

영자 씨   그러니까 그 여자 만나러 가지 말아요. 당신 총장도 하고 장관도 해야 할 사람이에요.

민 부장   청와대 간다니까요!

강 부장   내가 그것 때문에 물먹은 거잖아!

영자 씨   일 끝나고 갈 거잖아요.

에리카   당신한테 처음 올 때, 호텔 주차장에서 차 문 열어주면서 오빠가 울더라. 그 까칠한 남자가…….

민 부장   언제 끝날지 몰라요.

강 부장   그때 배달 온 거 아니었어?

에리카   나까지 같이 주문했으면서…….

영자 씨   확인해봐도 돼요?

민 부장   알면서, 어딜 확인하겠다는 거요?

에리카　　오죽하면 마누라까지 갖다 바치니?

민 부장　　한 군데, 확인시켜주지요.

강 부장　　나보고 어쩌라고? 어쩔 수 없다니까, 씨팔! 다 까,
　　　　　　다 까발려봐!

민 부장, 강 부장에게 전화한다.

강 부장　　나 왜 이러나! 나 어쩌다 이렇게 됐냐? 옛날 김용철●
　　　　　　선배하고 특수부 할 때, 그땐 그래도 자부심 하난 있
　　　　　　었는데…….

민 부장　　친구야, 내 아내한테, 나 거기에 간다고 한마디만 해줘.

민 부장이 영자 씨에게 전화기를 건넨다. 그사이, 강 부장은 에리카에
게 전화기를 넘겨준다.

강 부장　　아, 온다고? 인사해.

에리카　　안녕하세요, 블루하우스예요.

영자 씨　　블루하우스? 블루하우스!

강/민　　아, 전화기 이리 줘!

●　　검사 출신 변호사. 주로 특수부 검사로 일하다가 삼성 회장 비서실에 입
　　사해 7년 동안 재무팀과 법무팀 등에서 근무했다. 2004년 8월, 삼성 구
　　조본 법무팀장을 그만둔 뒤 이건희 일가의 비자금을 폭로했다.

5장
인터뷰

교도소 특수 시설 또는 과학수사연구소.

— 명보, 법의학 학생, 법의학 교수

법의학 박사과정의 학생이 명보를 심층면접 하고 있다. 법의학 교수가
다른 공간에서 이를 지켜보고 있다.

학생   그래서, 20년 만에 다시 가본 고향은 어땠나요?

명보   ……처음엔 알아볼 수가 없었어요. 강으로 갔죠. 강
이 없던데요. 아니, 있긴 한데, 저 위로 콘크리트 댐
이 물을 가두고, 아래는 싹 말랐더라구요. 물도 없는
강변에 제방이 높게 쌓여 있었어요. 모래사장은 싹
치웠어요. 멋있더라구요. UFO가 두 대 떠 있으면 그
림이 좋았을 텐데. 그런데, 누나하고는 촛대바위 뒤
에서 만나기로 했는데, 그 바위도 찾을 수가 없더라

구요.

학생   누나는 명보 씨가 고향을 뜨고 곧 마을을 떠났다고 하던데.

명보   쇠로 된 기린이 목을 꺾고 강바닥 물을 마시면 갈라 졌던 나의 딸과 아들이 다시 만나리라. 제방을 지나 한 여자애가 걸어왔어. 가까이 오는 걸 보니 누나였 어.

학생   그럴 리가.

명보   어린 누나였어. 아니야, 이건 아니지. 나는 이렇게 나 이 들었는데……. 난 누나를 다시 돌려보내줘야겠다 고 생각했어. 그런데 돌아보니까 타임머신이 안 보 이잖아.

학생   마을 여자아이 아니었어요?

명보   내가 내 누나를 모를라구.

학생   헤어진 지 오래됐으니까. 그게 상처가 돼서 누구든 누나로 보이는 거야.

교수   그냥 들어.

명보   난 누나 손을 잡고 산길로 들어섰어. "누나." 내가 부 르자 누나는 까르르 웃었어. 숲속에 빈터가 있었지. 나는 누나를 눕혔어. 누나가 두 손으로 얼굴을 가렸 지. 그러곤 아이처럼 칭얼거리기 시작했어.

학생   열세 살이면…….

교수	그냥 들으라니까.
명보	난 누나의 치마를 벗겼어. 그리고 다리를 벌렸지.
학생	누나라면서?
교수	그냥 들으라고 했지? 윤리적 태도를 보이면 안 돼.
학생	네, 교수님.
교수	쉿! 대답을 왜……!
명보	순순히 다리가 젖혀졌어. 이러어케. 저항 같은 게 없더라고. 난 누나가 미워졌어. 이럼 안 되는데. 씨발년—! 이리 와!

학생이 비명을 지른다.

여기서 명보와 검거 형사를 대상으로 하는, 언론의 인터뷰로 장면이 전환된다.

경찰서 조사실 또는 커피숍.

—명보, 기자, 형사

기자	피살자들을 무덤 위에 눕혀놨다던데……?
형사	그랬죠. 폭행 후에 인근에 있는 무덤으로 끌고 가 살해한 뒤 봉분 위에 올려놨죠. 처음엔 면사무소 정계장네 고조부. 참봉 벼슬을 했다는데. 다음엔 중추

원 참의를 지낸 여흥 민씨네. 그다음엔 조 목사님네 무덤 위에. 그리고 다음엔 삼몽그룹 회장님 외조부님 무덤 위에, 하필이면 서울에서 놀러 온 그 집 손녀를……

기자 알고 그랬나요?

명보 ……아니요. 어떤 영감에 의한 계시라고나 할까, 말까…….

형사 후손들 난리가 났죠. 피살자 가족하고 무덤 후손하고 한꺼번에 몰려와 범인 빨리 잡아내라고 아우성치는 바람에 애 많이 먹었어요.

명보 경찰한테 범인 잡으라는 거야 당연하지, 애먹을 게 뭐 있어요?

기자 무덤 위에 십자가 형태로 시신을 놓은 것은 어떤 종교적 의미가 있나요? 그러니까 번제처럼, 하나님께 봉헌한다? 아니면 사회에 대한 어떤 경고? 인간들아, 회개하라!

형사 그건 아니구요, 일종의 과시욕이랄까.

기자 형사님은 좀……. 명보 씨?

명보 그게 아니구요, 부패하지 말라고……. 바람하고 햇볕에…….

기자 바람하고 햇볕에 말린다……?

형사 마른안주로 먹으려고?

기자	첫 번째 범행 후 두 번째 범행까지 1년 가까이 되는데요, 그동안 무얼 하셨죠? 무슨 생각이 들던가요?
명보	서울에 있었죠. 뭐 이거저거 하면서……. 생각은 무슨…….
형사	너 이 새끼, 또 거짓말이야. 너 계속 그 마을에 있었잖아.
명보	마을엔 누나가 있었지.
기자	누나는 서울에 갔다면서.
형사	서울에 가서 술집에 나갔다지?
명보	마을에 있었으니까 내가 마을로 찾아갔지. 바보 아냐?
기자	그러니까 서울에 있다가 그때그때 누나를 만나러 내려갔다?
명보	그렇지. 이제 알아듣는구먼.
형사	아니라니까. 내가 계속 지켜봤다니까.
기자	알아요, 나도. 그냥 그런가 보다, 하자구요.
형사	그럴까요?
명보	바보 아냐?

이제 장면은 토크쇼로 바뀐다.

방송국 또는 교도소 특설 스튜디오.

— 명보, 앵커, 검사, 그리고 지금까지의 출연자들

앵커   명보 씨, 혹시 유사 범죄자들 가운데 잘 아는 사람 있나요? 신문이나 TV 통해 알게 된 사람이라도?

명보   뭐 유영철, 정두영, 김해선…… 이런 애들? 그런 꼴 통들 관심 없고, 미소년 전문 킬러, 후장 파먹기의 명수 존 웨인 케이시, 꽃미남 나쁜 남자 리처드 라미 레즈, 시체미식가 제프리 다머, 뭐 이런 사람들하고 교제를 하죠.

앵커   어떻게 알게 됐나요?

명보   늘 독서를 하지요. 우린 영적 대화를 나눠요. 아, 그 사람들 정말 천재예요. 오리지널리티가 있다고 할 까.

교수   이런 걸 문화사대주의라고 하지.

검사   너도 있어, 오리지널리티.

앵커   이제 우리나라 연쇄살인의 수준도 어느새 선진국형 에 근접했다고 보겠는데요……?

명보   이전에 우리나라 시리얼 킬러들, 글로벌 스탠더드에 서 한참 못 미쳤죠. 유영철이가 그나마 근접했었고, 저로 해서 이제 미국하고 어깨를 나란히 하게 됐다 고나 할까요.

교수/학생   친미 문화사대주의…….

검사	반미 종북 교수.
앵커	혹시 그 사람들 중에 본인한테 모델이 될 만한 선배님은 없었나요?
명보	그렇다고 저의 독창성을 그렇게 무시무시하면 안 되죠.
앵커	최근 중국하고 아시아권에서 토막살인, 시체절개 사건이 빈번하다는데……?
교수	모방범죄의 국제화라고 할까요.
기자	그보다는 일종의 한류? 한류 범죄의 유행?
앵커	그럼 명보 씨는 한류 범죄의 아이돌? 어떤 경쟁의식 같은 거 안 생기던가요? 기록에 대한 욕심 같은 거. 네 명으로 끝내기엔 아쉬웠을 텐데…….
명보	마음을 비워야 해요. 사적 감정, 물욕, 공명심, 이런 거 없어야 해요.
검사	씨발, 마음을 비우긴…….
앵커	검사님. 방송 중.
검사	이런 것들의 재산이나 범행으로 얻은 물적, 비물적 이익을 모조리 몰수해서 국고에 환수시키자는 극악무도흉악범죄결과취득재산환수에관한법률이 현재 국회에 계류 중입니다.
형사	유족들이 좀 먹어야 분이 좀 풀리지 않을까요?
검사	뭘 먹어, 먹긴!

기자	어떻게, 뭘 먹나요?
형사	마른안주로…….
앵커	명보 씨. 끝으로 피해자들에게 어떤 마음이 들던가 요? 뭐 하고 싶은 말이라든가…….
명보	미안했죠. 너무 미안했어요. 아팠을 거예요. 무서웠 을 거예요. 챙피했을 거예요.
기자	아, 눈물까지 글썽이시네요.
검사	저 새끼 안약 넣었어.
앵커	방송 중이거든요.
명보	내가 누나한테 그러는 게 아니었는데…….
앵커	누나라구요?
명보	누나가 아니면 내가 왜 미안한데?
검사	네 누나 죽었어, 인마.
형사	죽었어요? 언제요?
명보	내가 누나를…….
검사	네 누나 술집에서 술 팔고 씹 팔다가 간암으로 죽었 어, 인마.
형사	언제?
앵커	방송 중이거든요.
형사	검사라고 경찰 무시하나.
명보	그건 아니다. 그때 입산해서 테레사 스님이 됐다는 말도 있지만 그것도 아니고…….

앵커	제가 알아본 바로는 업소 가수를 하면서 사업하는 사람하고 내연의 관계였다고, 그 부인한테 칼 맞았다고…….
검사	사업 좋아하네. 깡패 새끼더구먼. 아 씨팔, 내가 어쩌다 이런 또라이들하고 TV를 같이 하나.
형사	그냥 그런가 보다…….
명보	방송 중이거든요.
형사	바보 아냐?

6장
알 수 없는 사람들 3

지하 벙커의 긴급상황실.

─몽룡 씨, 몽라 씨, 몽미 씨, 이 실장, 그리고 영자 씨

몽룡 씨와 몽라 씨가 회의용 탁자에 앉아 서류를 살펴보고 있고, 그 옆에서 이 실장이 마우스를 미세하게 움직이며 노트북 컴퓨터를 응시하고 있다. 어디선가 비행기가 날아가는 듯하고 폭격음이 들린다.

몽라 씨   ……환율 떨어지지, 수출 떨어지지, 주가는 바닥을 기지……. 정부란 게 뭘 하고 있는 거야!

몽룡 씨   우리 연구소에서 만든 보고서 카피해줬는데도 못 알아듣네.

몽라 씨   아버지가 계셨더라면 나라가 이 지경은 안 됐을 텐데.

몽룡 씨   면목이 없다. 가시고 3년 만에 나라가……!

몽라 씨 참 많은 것을 남기고 가신 분인데. 광화문에 여의도에 서초동에, 어디 하나 아버지 손길 안 닿은 곳이 있어?

몽룡 씨 사람들 보면 화가 나. 이나마도 살게 된 거 누구 때문인데 이제 와서……. 경제민주화? 이익을 나누자고? 거지새끼들!

몽라 씨 김용철, 그 쓰레기 같은 새끼, 이번엔 우리 얘기를 연극으로 한다고? 뭐 〈사이코패스〉?

몽룡 씨 국민 모두가 정직해졌으면 좋겠어.

몽라 씨 오빠, 나이가 드니까 오빠한테서 아버지가 보여, 할아버지가 보여.

몽룡 씨 얼마나 힘들고 외로우셨을까. 그러면서 한편 얼마나 분노가 일었을까……. 지하에서도 욕을 보시고…….

몽라 씨 명보, 이 개새끼……. 힘을 내, 오빠. 왜, 삼대에 성군 난다고 하잖아.

몽룡 씨 네가 늘 힘이 돼, 몽라.

몽룡 씨와 몽라 씨, 서로 끌어안고 깊은 데를 만진다.

이 실장 상중에 민망하게…….

몽룡 씨 삼년상 끝났거든…….

철 계단을 밟는 소리가 들려오고, 이어 몽미 씨가 급히 뛰어들어온다.

이 실장 부회장님, 아니 회장님, 또 늦으셨네요.

몽미 씨 몽룡 오빠, 고마워. 몽라 언니, 고마워!

몽룡 씨 뭘. 이제 너 자격 있어.

몽라 씨 그럼, 자격 있구말구. 축하한다.

몽룡 씨 아버지 생전에, 나라를 끌어갈 인재를 키워야 한다
고 늘 말씀하셨지. 몽미만 한 인재가 또 어딨겠어.

몽라 씨 우리 셋이 나란히 회장직에 오른 거 보시면 얼마나
대견해하셨을까.

몽미 씨 나 울리고 그래…….

몽룡 씨 삼세 승계, 편법 승계, 탈세 승계, 그렇게 악다구니들
이었는데.

몽라 씨 봐, 이렇게……!

몽룡 씨 그만하시죠, 이 실장님.

이 실장, 노트북을 덮었다 연다. 폭격음이 사라진다.

이 실장 그럼 시작해볼까요?

몽룡 씨 그룹 재선진화를 위한 성장 견인 방안.

몽라 씨 반도체.

몽룡 씨 막혔지.

몽미 씨	통신기기.
몽라 씨	막혔지.
몽룡 씨	자동차.
몽미 씨	막혔어.
몽라 씨	건설.
몽미 씨	에휴……!
몽라 씨	……골목을 뚫어야 해.
이 실장	골목 선진화?
몽라 씨	오빠네 몽몽마트가 동네 수퍼 정리했듯,
몽룡 씨	몽라네 몽몽플러스가 동네 치킨 정리했듯이,
몽미 씨	크크크, 닭들의 전쟁이냐, 골목마다 닭 냄새 천지…….
몽룡 씨	치킨집, 잘 쓸어버렸어!
몽라 씨	몽미가 할 게 뭐 있을까?
몽룡 씨	뭐가 남았을까?
몽미 씨	동네 세탁소!
몽룡 씨	세탁 사업을 체인화한다?
몽미 씨	광역 수집, 대형 중앙처리식 세탁, 그리고 광역 배달, 이거지.
몽룡 씨	우리 막내 사업 수완 봐라……! 이리 와!

몽룡 씨, 몽미 씨를 안아준다. 몽미 씨, 포옥 안긴다.

이 실장   ……아닙니다. 그걸로는 부족해요.

몽룡 씨와 몽미 씨, 더욱 힘주어 끌어안는다.

이 실장   뭔가 더 확실한 활로를 찾아야 해요.

몽라 씨   그건 나도 알아요.

몽룡 씨   노인네 참…….

몽미 씨   노인네?

몽룡 씨   골목.

몽라 씨   폐지…… 수집…….

몽미 씨   폐지 수집 대행, 그거다!

몽라 씨   전국적 재활용품 수집 대행 사업 발진!

몽미 씨   이익 재창출, 골목 청결, 노인 휴식!

몽룡 씨   얘들아, 이리 와!

몽룡 씨, 두 동생을 끌어안는다.

이 실장   아니라니까요. 침체를 일거에 만회할 수 있는 성장
                동력을 찾아야 합니다.

몽라 씨   나도 안다니까요.

몽미 씨   획기적인 성장 동력이 필요하다…….

몽라 씨   침체를 극복할…….

| 몽미 씨 | ……단기간 화끈하게 일으키려면 토목, 건축밖에 없는데……. |

몽미 씨　　……단기간 화끈하게 일으키려면 토목, 건축밖에 없는데…….

몽라 씨　　아파트도 초과 건설…….

몽룡 씨　　부동산 경기는 사망.

몽미 씨　　산이고 강이고 더 깎고 더 팔 것도 없고…….

한동안 침묵. 세 남매는 서로의 몸을 만지작거리기만 한다.

몽라 씨　　……난 강을 지날 때마다 안 좋더라.

몽룡 씨　　……좀 그렇지?

몽미 씨　　어우, 난 구역질 나.

몽라 씨　　너무 팠어. 너무 쌓고. 그 사람들 참…….

몽룡 씨　　영혼이 없는 자들, 자연의 아픔을 알겠니?

몽라 씨　　강을 다시 살려내야 해. 다시, 다시…….

몽룡 씨　　다시…….

몽미 씨　　환경을 살리고, 성장 동력 일으키고!

몽라 씨　　살리고, 일으키고…….

몽룡 씨　　예산을 어떻게 해? 무슨 돈으로?

몽라 씨　　댐만 다 걷어내도 그게 몇십 조 푸는 건데.

몽룡 씨　　돈이 없다니까.

몽라 씨　　돌려치기로 돌리고 돌리고 해서……?

몽미 씨　　어떻게든 댐만 허물어버리면…….

몽라 씨   어떻게든 저지르면······.

몽미 씨   어떻게?

몽룡 씨   누군가가······.

몽미 씨   누가?

몽룡 씨   국군의 날이 언제지?

몽라 씨   왜?

몽룡 씨   댐, 단계적으로 해체하고 그럴 거 있나. 폭격기로 일
          제히 해치우는 거야.

몽미 씨   멋있다!

몽라 씨   화끈하다! 폭파 비용, 해체 비용, 훈련 비용을 일거
          에!

몽미 씨   역시 오빠라니까!

몽라 씨   국방예산 제대로 써보자!

몽룡 씨   오빠 좋아?

몽미 씨   그럼······.

몽라 씨   좋아······!

세 남매의 몸이 얽힌다.

이 실장   이게 무슨 짓입니까? 근친끼리 이럴 수는 없습니다.

몽/몽/몽   뭔 상관? 사생활이야!

그때 영자 씨가 벙커의 문을 연다.

영자 씨   오빠, 언니들, 차 들일까요?

7장
알 수 없는 사람들 4

마을회관.

— 자애 씨와 마을 주민들

주민2	왜애?
주민4	왜 또 모이라고 했어?
주민3	뭐예요, 뭐?
주민1	오늘은 우리 팔인회 회원 중 다섯 분만 참석하셨네요. 오늘 회의는 '딸을 가슴에 묻은' 위원회의 구자애 회원님께서 소집을 청하셔서 이렇게 모셨습니다.
주민2	또야, 또오?
주민4	오, 자애 씨…….
주민1	그런데 '조상님께 면목 없는' 위원회에서는 참석이 뜸합니다.
주민4	민 선생네는 묘를 이장했으니 액땜한 셈 치겠다고

하고, 조 목사네는 그 아들 목사까지 쓰러져 부자가 나란히 누워 있고, 삼몽그룹 외가는 선산 전체를 옮겼답니다. 앞으로도 저나 나올 것 같네요.

주민1 자, 새둘 엄마, 그럼 얘기해보세요. 여기 바쁜 분도 있거든요.

자애 씨 죄송합니다. 여러분, 죄송합니다.

주민3 난데없이 웬 죄송부터…….

주민4 또 그 얘기 하자는 거 아니야?

주민3 뭐, 용서하자구?

주민2 누구 속을 다시 뒤집으려구 용서야?

자애 씨 죄송합니다, 죄송합니다. 용서하지 않으면 제가 살 수가 없어서…….

주민3 새둘 엄마는 교회도 안 다니면서 그런 건 어디서 배웠어요?

주민2 용서 못 해! 갈아 마셔도 시원찮을 놈을…….

주민3 우리 아이가 복수해달라고 꿈에도 나타나는데.

주민4 부처님 말씀에도, 복수는 나의 것.

주민2 갈기갈기 찢어 죽여야지!

주민1 자 자, 일단 새둘 엄마 얘기를 들어봅시다. 그래도 회의라는 게 절차와 순서가 있는 건데.

주민2 들어보나 마나지.

자애 씨 며칠 전 자다가 문득 일어났습니다. 그날 이후 여러

분도 수없이 겪는 일이지요. 자다가 불현듯 일어나서 다시는 눈을 붙이지 못하는 거.

주민3　꿈에 뭘 봤어요?

자애 씨　이제 다 잤구나. 저는 체념했죠. 이렇게 깨고 나면 절대 다시 잠들지 못한다는 거 아니까요. 저는 문을 열고 밖으로 나갔습니다. 마루문을 열고 신발에 발을 꿰는 순간, 어두운 새벽하늘에서 한 줄기 빛이 이마를 쪼개듯이 몸을 열며 제게로 들어왔습니다. 용서하자. 그렇구나, 용서하자!

주민4　그거 저번에 한 얘기 아냐?

자애 씨　용서해볼까, 가 아니에요. 용서하자. 빛과 같이 분명한 마음의 소리였어요. 그건 내 손으로 문을 열고 내 발로 걸어 나왔듯이 한순간 너무나 쉽고, 한순간 너무나 분명한 사실이었어요. 그 순간 모든 것이 달라졌어요. 살 수 있겠구나, 잘 수 있겠구나, 미치지 않겠구나. 그 새벽, 저는 다시 누워 내리 사흘을 잤어요. 그 새벽 이후 저는 잘 수 있게 됐어요.

주민1　그러고 보니 얼굴빛이 뽀얀 게 처녀 때 모양이 나오네.

주민4　하긴 잠을 자야 똥을 보고, 똥을 봐야 피부가 좋아지지.

주민3　잠도 좋지만 피부가 고우려면 꼭 모이스처를 발라야 해.

주민2　용서를 할 거면 혼자 하면 되지, 왜 우리더러 모이라고 해서 용서를 하라 마라 하는 거야?

자애 씨　탄원서를 씁시다, 여러분.

주민3　뭔 탄원서?

자애 씨　그 사람 사형만은 면하게 정부에 탄원서를 씁시다, 여러분.

주민4　누굴 어째? 사형만은 면해줘?

주민1　너무 오버하지 마요.

자애 씨　그분의 목숨을 끊는다고 해결될 건 아무것도 없어요.

주민2　뭐, 그분?

자애 씨　그자. 그놈의 목숨을 끊는다고…….

주민3　우리 아이들 다시 살려낸다면 그 때 탄원해보든가.

주민4　땅속에 누워 계신 할아버지도 그런 괴이한 논설에는 벌떡 일어나시겠다.

주민1　땅속에 계신데 어떻게 일어나?

주민4　기가 막히고 분하면 구제역에 파묻은 돼지도 흙을 뚫고 나와!

주민2　집행을 하지 말라고? 정부가 안 하면 내가 죽일 거야!

주민4　탄원서 쓰자. 빨리 집행하라고 탄원서를 쓰자구.

주민1	죽여야지. 사라져야 잊지.
주민3	그래, 죽이고 잠 좀 자자구요.
주민2	그래, 탄원서를 쓰자. 그놈이 사형되면 안 되지. 그렇게 쉽게 죽으면 안 되지. 오래 살면서 두고두고 고통을 당해야지.
주민3	그래도 죽이는 것만 한 게 어딨어요. 죽여야 제대로 설분이 되지.
주민2	아니야. 우선 살려놓고 계속 못살게 굴다가 결정적인 때를 봐서 죽여도 늦진 않거든.
주민1	죽이려면 깨끗이 죽이는 게 나아.
주민2	탄원서를 쓰자고.
주민1	죽이자. 죽이고 잠 좀 자자.
자애 씨	용서를 하면 모든 게 달라져요. 잘 수 있습니다.
주민4	요즘엔 수면제도 좋아.
주민3	죽여야 잊죠. 사라져야 잊죠.
주민2	정말 잊을 수 있어?
주민3	잊지 않으면요? 살려면 잊어야지.
주민2	우리 아이는 거기가 다 뜯겼어. 그걸 내 눈으로 봤는데 어떻게 잊어?
주민1	우리 집 애는 다 짓이겨져 알아볼 수가 없어. 밤마다 그것도 없는 애가 꿈속에 나와.
주민3	끔찍하기는 우리 애만 하겠어요? 그 아래가 다 찢겨

서, 거기까지 갈라져서…….

주민2   우리 애는 그게 튀어나와갖고 저쪽 소나무 밑동에…….

주민1   그거 없는 딸내미가 아비 쳐다보는 거, 마주 본 적 있어? 이것만 해?

자애 씨   우리 애는, 우리 애는…….

주민3   그게 여기서 저기까지 빠져나간 거, 못 봐서들 몰라요. 뭐가 끔찍한 건지 몰라!

주민2   왜 몰라, 왜? 당신은 왜 남의 말을 안 들어!

주민3   내가 뭘요? 내가 뭘, 뭘!

주민1   끔찍, 끔찍, 말도 하지 마!

자애 씨   우리 앤…….

주민4   할아버지, 할아버지! 봉분이 온통 뻘겋게 물들어가지고…….

주민1   당신은 빠져. 그깟 무덤 가지고…….

주민4   그깟 무덤이라니? 말 다 했어?

주민3   그쪽은 좀 빠져요.

주민4   할아버지, 할아버지!

주민1/2/3 아, 이래도 용서, 용서 할 거야?

8장
알 수 없는 사람들 5

회의실.

—최 수석, 양 비서, 장 비서, 금 비서, 서 비서, 그리고 임 실장

긴 탁자를 중심으로 둘러앉아 토의 중인 홍보실 비서들. 프로젝터, 스크린, 화이트보드 등이 주변에 비치돼 있고, 탁자 위에는 찌그러진 맥주 캔과 위스키 병들이 뒹군다. 양 비서는 계속 외부와 통화 중이다.

장 비서　　바르게 살겠습니다.

서 비서　　웬 초딩의 나라?

장 비서　　뼈를 깎고 살을 썰겠습니다.

양 비서　　진짜?

금 비서　　푸줏간인가?

서 비서　　조폭?

양 비서　　그건 오해예요.

장 비서　　　이제 정의로운 사회를 만들겠습니다.

금 비서　　　그건 5공 때 썼잖아.

서 비서　　　이 정권은 한 사람도 죽인 적이 없네요.

금 비서　　　비폭력 무저항 정권이었는데…….

양 비서　　　글쎄, 자꾸 오해를 하시니까…….

장 비서　　　안 써먹은 말이 없다니까. 새로운 게 어딨어.

최 수석, 들어온다.

최 수석　　　잘 돼가?

양 비서　　　이거 할 말이 없네요.

장 비서　　　보여드릴 게 없네요.

최 수석　　　다시 하나씩 짚어보자구. 뭐가 있었지?

서 비서　　　성장 둔화, 마이너스로.

최 수석　　　……이제는 안정의 시대.

서 비서　　　소비자 물가 수직 상승.

최 수석　　　조금만 기다리십시오, 선진국형 안정의 시대.

장 비서　　　조직범죄, 흉악범죄 증가. 유영철, 정남규, 강호순에

　　　　　　　　이어 신종 사이코패스 명보 출현…….

금 비서　　　범죄와의 전쟁으로 영웅 탄생 예감!

최 수석　　　영웅으로는 누구?

서 비서　　　강남서 김태춘 총경.

장 비서	주취폭력 단속 중 저항 노인 사살!
금 비서	징계 풀고 표창 추진.
서 비서	총리 여비서 성추행 사건.
최 수석	언제?
양 비서	진의가 왜곡된 겁니다. 전달이 잘못됐어요.
장 비서	과했지만, 부하 사랑.
서 비서	뻥입니다.
최 수석	뭐 좀 긍정적인 거 없어?
양 비서	글쎄요…….
금 비서	삼몽중공업, 국산무기 수출 1천억 달러 달성.
최 수석	세계 평화, 대한민국이 주도합니다!
서 비서	여성 평균수명 증가.
장 비서	과부가 많은 나라가 선진국입니다!
금 비서	각하가 득남하신 건……?
장 비서	생명, 무엇보다 소중합니다!
최 수석	언제?
서 비서	뻥이라니까요.
양 비서	우리 홍보실에서는 그렇게 발표한 적이 없다니까요.

임 실장, 들어온다.

임 실장	최 수석, 준비 잘 되고 있다고……?

양 비서	그건 일부 언론에서 잘못 받아쓴 겁니다.
최 수석	믿으십시오, 실장님.
임 실장	아침이면 늦어요.
장 비서	불신지옥!
서 비서	일단 앉으시고…….
양 비서	야이, 씨발놈아!
임 실장	이거 뭐야?
양 비서	내가 안 그랬다고 했잖아, 요.
최 수석	초안은 대충 됐습니다. 읽어보겠습니다. 서 비서!
서 비서	친애하는 국민 여러분, 지난번 저의 주변과 집안, 친지, 각료와 참모진으로 말미암은 일련의 불미스러운 사태에 대해 저는 뼈저린 반성을 하고 있습니다만, 거기에는 국민 여러분의 오해가 있다는 점 또한 말씀드리고자 하는바, 돌아보고 생각해볼수록 차마 고개를 들 수 없고, 차마 드릴 말씀이 없지만, 한편으로는 이제 와서 누굴 탓하고 누구를 원망하겠습니까, 하고 말씀드릴 수밖에 없겠으나…….
임 실장	뭔 사과문 서론이 그렇게 길어? 잡소리 말고 팍 줄여. 30초짜리로.
장 비서	CF인가…….
임 실장	그래, CF!
양 비서	웃기고 있네.

최 수석	그러시다면…….
서 비서	9월의 익은 햇살 받고 영근…….
금 비서	내가 안 그랬습니다.
서 비서	햇사과만큼 상큼한 사과, 사과드립니다.
장 비서	내가 안 그랬어요.
금 비서	그렇지만 사과하겠습니다.
양 비서	웃기구 있네!
장 비서	이제 와서 누구 탓!
서 비서	그렇지만 아프다구요, 기분 나쁘시다구요?
금 비서	목하 반성 중.
서 비서	기다리십시오, 잊게 해드리겠습니다.
양 비서	좆 까고 있네!
장 비서	반성한다니까, 왜 그러세요!
서 비서	잊을 겁니다, 10초도 못 버팁니다!
임 실장	좀 더 센 거!
최 수석	뭘 줄까? 뭘 해줄까?
임 실장	천당에서 열반하는 그런 거!
양 비서	이 쌍년이 보자 보자 하니까!
서 비서	내가 안 그랬다니까!
장 비서	사랑한다니까, 왜 그러세요!
양 비서	끊어, 네 맘대로 해!
최 수석	이해 못 해? 못 믿는 거 아냐?

금 비서	믿어보면 아는데…….
서 비서	믿게 해줄 수 있는데…….
임 실장	어떻게 해줄 건데?
서 비서	어떻게 해줄까?
임 실장	네가 말해봐.
장 비서	네가 말해봐.
서 비서	알면 다치니까, AS도 없으니까…….
금 비서	그건 말고, 말을 해봐!
서 비서	응? 응?
최 수석	국민 여러분께 손해배상 청구할까 봐. 그러니까…….
장 비서	모르는 게 축복이야.
금 비서	그때까지만.
서 비서	알잖아, 그때까지만.
장 비서	내가 떠날 그때까지만…….
서 비서	그때까지만…….
양 비서	지금 뭐 하는 겁니까?
최 수석	씨팔, 다 알면서…….

9장
푸른 수염 이야기 2

교도소 특별 면회실.

—자애 씨, 명보

자애 씨와 명보가 마주 앉아 있다. 둘 사이를 커다란 유리판 또는 아크릴판이 가로막고 있다.

명보　　참 이상하다. 어떻게, 어떻게 나를 용서할 수가 있죠?

자애 씨　　내가 살기 위해서. 밤에는 잠들고, 아침에 깨기 위해서요.

명보　　용서한다구요……, 무조건?

자애 씨　　그러니까 한번만 얘기해줘요. 왜 그 애를 그렇게 했는지, 그렇게 그 애가 미웠는지, 그 애가 무얼 잘못했는지.

명보	잘못하다니요, 믿다니요.
자애 씨	그럼 그 앨 왜 그렇게 했죠?
명보	그 얘길 들으면 날 용서할 수가 없을 거예요.
자애 씨	전 이미 용서했어요.
명보	더 이상 밤에 잠들 수 없고 아침에 깰 수 없을 거예요.
자애 씨	얘기하세요.
명보	……다 들으실 수 있을는지 몰라. 그럼…… 제목, 푸른 수염 이야기, 투.
자애 씨	투?
명보	……해가 서쪽 능선에 걸릴 때였습니다. 푸른 수염이 새둘 양을 만난 건 삼리재로 올라가는 솔밭 길에서였지요. 햇빛을 뒤로 받아 소녀의 몸은 황금빛으로 빛났습니다. 하얀 치마 속으로 다리와 다리가 드러났어요. 푸른 수염은 소녀의 손을 잡고 숲으로 들어갔지요. 글레이드─숲속의 빈터. 푸른 수염은 햇빛 곱게 퍼진 풀밭에 소녀를 눕혔어요. 바람이 블라우스 깃을 들어 올렸지요. 까르르르르─. 하얗게 배가 웃었어요, 한편 수줍어하면서. 웃는 배를 살며시 칼로 열었지요. 소녀가 눈을 동그랗게 떴어요. "왜 그러는데요?" 하고 묻듯이……. 푸른 수염은 소녀의 목을 손가락으로 이러어케 눌렀어요. 소녀가 스르

르 눈을 감더니 이내 잠들었어요. 혹시 몰라서, 푸른 수염은 소녀의 두 손을 머리 위로 모아 나무에 묶었습니다. 그리고 학습을 시작했어요. 격물치지(格物致知)라고 할까. 사물을 있는 그대로 파악하여 앎에 이른다. 또 있잖아요. 그 안에 무엇이 들었는지, 그 모양은 어떤지, 그 감촉은 또 어떠한지, 나는 알고 싶었어요. 나는 고문하는 분들 이해해요. 그 마음…….만해 한용운 님의 시처럼, 알고 싶어요.

자애 씨　'알 수 없어요', '알고 싶어요'는 이선희.

명보　나는 소녀의 치마를 걷어 올리고 팬티를 내렸어요. 나를 기다리고 있던 거뭇한 눈썹, 세로로 감은 눈, 눈꼬리에 하얀 눈물을 달고……. 눈을 열었어요. 눈 속에 깊은 길이 있었지요. 그 길이 어디까지 가 있는지. 나는 알고 싶었어요. 그래서 들어가보기로 했지요. 손끝에서 시작해서 손목이 들어가고 어깨가 들어갔어요. 이윽고 머리가, 얼굴이 다 들어가니 큭 큭 큭, 깊고 어두운 동굴이 흔들렸어요. 동굴 밖으로 나왔을 때 소녀가 요동을 치며 소리를 지르고 있었어요. '오빠, 해줘. 이제 해줘!' 그렇게 외치고 있는 것 같았어요. 그렇게 외치고 있었어요. 나는 소녀를 바로 보았습니다. 열린 배에서 피와 창자가 범벅이 되어 밀려 나왔어요. 그래, 내가 해줄게. 나는 다시 칼을 들었어요. 칼끝이 초승달처럼 빛났지요. 나는 칼끝을 소녀의 목에 대고 가로로 그었어요. 피가 분수처럼 튀어 내 얼굴을 적셨지요. 참 좋았어요. 나는 배를 마저 열고 창자를 잡아당겼어요. 창자가 두 팔 길이보다도 훨씬 더 빠져나오더라구요. 나는 〈광수생각〉*에서 본 것처럼 창자로 줄넘기를 해볼까 하다 그만두었지요. 웃기잖아요. 그 대신, 창자로 내 목을 감았어요. 한 번 감고, 두 번 감고, 세 번…… . 그리고 힘껏 당겼지요. 아아…… 씨팔, 손안에서 창자가 잡힐 듯 미끄러질 듯…… . 숨이 콱 막히고, 눈알이 튀어나올 것 같더니…… 자지가 빨딱 서면서 팽창하는 게, 내 평생 그렇게 크게 서본 적이 없었어, 씨팔……!

자애 씨　명보 씨…… .

명보　무덤 위에 눕혀놓으니까 배가 더 잘 열렸어. 무엇이 들어 있을까. 참 알고 싶어라. 달빛이 밝았어. 나는 하나씩 잘라냈지. 간, 쓸개, 콩팥…… . 창자는 중간쯤에서 충무김밥 길이로 세 개 잘라냈어. 그걸로 마스터베이션을 할 생각이었지. 미국의 더글러스 클라크는 여대생 목을 따고 그 머리로 펠라티오를 했다

---

* 만화가 박광수가 1997년부터 2002년까지 조선일보에 연재한 만화로, 당시 선풍적인 인기를 끌었다.

잖아. 정말 멋있어. 그 씨발놈들은 뭘 해도 달라!

자애 씨 그만……. 그만…….

명보 나는 간하고 콩팥을 조금 떼고 사타구니를 썰어서 검은 봉지에 담았어. 간, 콩팥은 구워 먹고 사타구니 살은 기름소금에 찍어 먹으려고. 막 가슴이 뛰는 거 있지. 냉장고에 간, 콩팥, 심장, 혀, 젖꼭지, 눈알이 냉동실 그득히 쌓여 있지만 신선하지가 않잖아. 안녕. 나는 작별의 의식으로 소녀의 심장에 칼을 내리꽂았어. 이미 숨은 끊어졌지만, 그렇잖아, 마지막을 장식해줘야지. 나는 최대한 팔을 높이 들었다가 힘껏 내리찍었어. 가슴뼈가 부서지고, 심장이 찢기고, 칼끝은 무덤 속까지 깊이 들어가 박혔어. 저 밑에서 이름 모를 할아버지가 어, 어, 소리를 내며 뒤척였지.

자애 씨 그만해!

명보 집에 돌아오자마자 나는 부엌으로 갔어. 가스 불을 켜고 프라이팬을 올렸어. 썰어서 구울까, 구워서 썰까. 물론 미디엄으로. 내 친구 영구 새끼, "나는 라지". 프라이팬에 간하고 콩팥을 올려놓고, 도마에 사타구니 살을 놓았어. 칼로 살을 얇게 저미는 동안 프라이팬에서 기름이 튀기 시작했어. 지글지글, 탁 탁 탁…….

자애 씨 그만하라니까! 그만해. 그만, 그만!

자애 씨가 유리판을 손바닥과 주먹으로 치고 이마를 찧는다. 이마에서 피가 튀어 유리판에 퍼진다.

명보 그것 봐요. 내가 다 들을 수 없을 거라고 했잖아 요. 그래도 나는 어떻게든 아프지 않게 하려고 했는 데…….

10장
골고다 언덕

교도소 내 어딘가 후미진 곳.

— 명보(669호), 4001호, 1004호

죄수 4001호와 1004호, 명보 앞에 꿇어앉아 있다.

명보   그럼 오늘은 제18강 '자비의 해부학' 편을 설할까
한다. 담배 있냐?

4001호   선생님, 오늘 졸업식 예행연습을 해봄이 어떨까 싶
습니다.

명보   아직 가르치고 배울 것이 남았는데, 졸업이라 했느
냐?

1004호   왜, 조기졸업이라는 것도 있지 않습니까.

명보   큰 공부는 지금부터이니……. 담배 있냐?

4001호   예, 그래서 큰 공부를 앞당겨보고자 합니다.

명보   서둘지 말거라. 어차피 큰 공부란 너희가 여길 나가
          뜻을 펼치면서 완성되는 것.

1004호   이룰 수 있을 때 이루는 것이 섭리에 순응하는 것이
          라 하셨지요.

명보   ……그랬나? 난 줄 때 먹어라, 뭐 그런……. 담배 없
          니?

4001호   선생님?

명보   ……왜 그러는지……?

4001호   선생님!

명보   ……말을 하든지…….

4001호가 품에서 흉기를 꺼내 명보의 복부를 찌르자 1004호가 헝겊
을 꼬아 만든 밧줄을 꺼내 명보의 목에 감는다.

4001호   너희는 궁극을 본 적이 있느냐, 선생님께서 물으셨
          죠.

1004호   궁극을 보지 못한다면 큰 공부가 부질없는 것.

4001호   그렇다면, 지존을 까는 것 또한 궁극에 이르는 길?

1004호   지존께서는 고통의 궁극에 다다랐을 때 어떠하실
          지……?

명보   너희가 어찌 나에게 궁극의 고통을 주려 하느냐?

1004호   궁극의 고통을 드리는 것은 어렵지 않습니다. 무딘

것으로 찌르고, 녹슨 것으로 썰고, 시간을 들여 뽑고, 째고…….

4001호   궁금한 것은 선생님께서 어찌 그 고통을 견디실지, 저희로선 알고 싶으나 알 수 없으니……. 이선희의 〈알 수 없어요〉도 있지 않습니까.

명보   '알고 싶어요'니라.

1004호   존경합니다, 선생님!

1004호가 명보의 목에 맨 줄을 더욱 당긴다. 4001호는 무딘 흉기로 명보의 복부를 긋고 찌른다.

1004호   선생님께 대한 존경의 마음이 이토록 크고 깊지 않다면,

4001호   난 사랑이야, 사랑!

1004호   이와 같이 극진하게 선생님을 모시지는 않을 것을……! 저 골고다의 십자가가 아니었다면 그분이 그분 아니듯, 지존을 극단의 고통 위에 얹어 모시지 못한다면 지존에 대한 예의가 되겠습니까!

4001호   알고 싶어요, 사랑하니까. 보고 싶어요, 사랑하니까. 지존께서 고통을 넘어서는 초극의 영성을!

명보   아아아아아, 아퍼, 씨발놈들아……!

4001호   ……아아, 섬광처럼 빛나는 이 순간을,

1004호	마치 농담처럼,
4001호	가장 평범한 한마디 언사로 꽃피우시다니!
1004호	……아퍼, 씨발놈들아……!
4001호	아아, 선생님!

4001호와 1004호, 다시 명보를 찌르고, 조이고, 찢고, 뽑아내고, 씹고, 뜯어내고…….

명보	아아아아아아악!
4001호/1004호	선생니이임!

호각 소리, 비상벨 소리, 뛰어오는 구둣발 소리.

1004호	이제 우리도 개털을 벗었다.
4001호	선생님과 나란히 역사에 이름을 싣게 되었도다!
1004호	아아, 선생님!

11장
정말 알 수 없는 사람들

마을회관 또는 지역 상공회의소 회의실, 그리고 또 다른 어떤 곳.

— 주민 대표단과 지역 상공인 대표단

긴 탁자 두 개가 마주 보고 있다. 마을 주민들, 의자에 앉거나 서거나 탁자에 걸터앉아 있다.

주민3	뭐 하는 것들이여, 우리더러 모이라고 한 것들이? 건방지게 말이지.
주민1	뭐 라이온스구락부라고 하던가, 뭐라던가?
주민4	라이온스? 라이온······스······ 사자······들? 야구 하는 것들인가?
주민2	이런 무지한 사람들! 이 지역에서 사업하는 양반들이랴. 사장님들.
주민3	그자들이 왜? 우리한테 뭔 볼일이 있댜?

주민1   글씨…… 혹시 그것 때문 아니여?

주민2   그것?

주민3   그것!

주민4   정말 그것 때문에? 어찌 알고?

주민1   알 수도 있지. 소문이 났겄지.

주민2   정신 바짝 차려야 햐. 그자들 농간에 넘어갔다간 그
         간 공들여 준비한 푸로젝뜨가 한순간에…….

주민4   롯데 라이온스를 이리 옮겨 온다 해도 꿈쩍 말자고.

다른 곳. 회의실로 들어오는 언저리 어느 곳.

사장1   이거 한번에 해결해야 합니다.

사장4   이것들이 우리 시를 코믹하고 호러블한 타운으로
         만들겠다……!

사장2   우리가 이 도시를 어떻게 일구어왔는데, 이것들
         이…….

사장3   무식한 것들, 돈만 아는 촌것들!

사장1   그래도 잘못 대응했다간…….

사장4   이 지역 이미지 망가지면 우리들 기업 이미지, 우리
         들 제품 이미지는…….

사장2   가슴을 뚫는 시원한 용두골 광천수! 왠지 퀴퀴한 냄
         새가……?

사장3　　보디감 깊은 후장리 포도 와인! 붉은 피의 빛깔
　　　　　　이……?

사장4　　오삼리 청정 사료로 기른 1등급 돈육―그린피그!●
　　　　　　헉, 인육으로 키웠다는 소문이……?

사장1　　주민 대표들이 원하는 게 뭐겠습니까? 뻔한 거 아닙
　　　　　　니까?

사장3　　촌것들이니까 투자비에 더더블로 부르면 입이 양옆
　　　　　　으로 찢어져 뒤통수에서 만날 것이오.

사장4　　그럼 뚜껑을 열어 그 속을 좀 봐야겠습니다.

사장1　　엽기적이십니다!

상공인들이 회의실로 들어온다. 두 그룹은 인사를 나눈 뒤 탁자에 마
주 앉는다.

주민1　　자, 무슨 얘기신지? 우리가 좀 바쁘거든요.

사장2　　아아, 바쁘시군요?

주민3　　안 바쁜 것 같아요? 한가해 보이나?

사장1　　이제 그것으로 어쩌실 셈입니까?

주민1　　그거……라니요?

사장1　　우리도 조사 다 해봤습니다.

●　　2006년에 창단한 연극 단체. 2012년 9월 남산예술센터 드라마센터에서
　　　〈사이코패스〉를 공연하였다.

주민1   당최, 무슨 말씀이신지…….

주민2   조사라니, 우리가 뭐 불법적인 일이라도 했단 말입니까?

사장2   이거 왜 이러세요. 명보가 가지고 있던 유물 다 접수하셨다면서요?

주민1   유물요? 조부님 곰방대, 금이빨, 놋요강, 위조 족보, 이런 거요?

주민4   명보는 타지 출신이라 조부님 물건, 조모님 거시기, 이런 거 없어요.

사장3   명보가 살던 집터와 인근 빈터를 사들였다구요?

주민2   거긴 원래 공유지에 무허가 건물이라 사고자시고 할 게 없슈.

사장2   지역 공용회관 터로 불하받았다고 들었어요.

주민3   잘못됐나?

사장4   명보가 쓰던 도끼, 망치, 식칼, 회칼, 도마, 손톱칼, 펜치, 빠루, 귀이개, 전기톱, 피살자 사진, 사체 토막, 유골, 시체 보관하던 냉장고, 갈아 마시던 믹서, 선지 뜨던 국자, 이런 거 다 입수해서 보관하고 계시다고?

주민1   그거 다 증거물로 경찰이 보관하고 있을 텐데.

사장3   경찰이 미처 수집 못 한 것들을 몰래 모아들였다고?

사장2   특히 명보가 따로 파묻었던 거시기와 거시기 털들을 발굴하셨다고? 특별 부위는 본을 떠났고, 피살자 얼굴들은 밀랍인형으로 만들 거라고?

사장1　그거 경찰이 알면 다 압수요.

주민3　그거 다 우리가 모조품으로 만든 겁니다. 가짜예요. 유골도 조상님 묘 파내가지고…….

주민2　쉿! 이 사람이…….

사장4　그걸 누가 믿겠소?

주민2　진짠 줄 알잖아.

주민3　가짠걸.

주민4　진짜로……?

주민3　가짜를 진짜로?

주민2　진짜를 가짜로?

주민1　잘들 헌다.

사장1　단도직입으로 합시다.

주민4　단도를 들고 어쩌자고? 칼부림을 하자는 것이여?

사장3　'명보기념관' 포기하세요.

주민3　……'사이코패스박물관'. 이름 바꿨시다.

주민2　마을이 죽어가고 있어요.

사장2　지금 누가 마을을 죽이고 있는데?

주민3　댐 쌓고 강변을 시멘트로 바르고 나선 농사도 안 되지요, 가게도 안 되지요. 관광객은커녕 애들도 천렵하러 안 온다니까.

주민4   읍내 중딩들도 담배 피우러 안 와.

주민2   게다가 명보가 이 일대에서 칼부림, 피 칠갑으로 푸
       닥거리를 한 이후엔…….

주민1   그래도 박물관이 문을 열면 관광객 오지요, 입장 수
       입 생기지요, 기념품 사가지요, 자고 가야죠.

주민4   민박, 펜션, 모텔, 찜질방, 피시방…….

주민1   식당에서 밥 먹어야죠.

주민4   추어탕, 쏘가리탕, 닭도리탕, 오골계, 영계백숙에 고
       추장불고기, 돈가스, 스파게티…….

주민1   박물관 관람하고 메스껍고 께름칙하니까 술 한잔해
       야겠지요.

주민4   소주, 맥주, 안주, 동동주, 조 껍데기에 아줌마들이
       딴 산머루로 담근 과실주…….

사장1   이 지역은 우리가 살리지요.

주민3   ……어떻게요?

사장3   공장 유치, 학교 유치, 탁아소 운영, 그리고 생협형
       SSM 등등등, 우리가 책임지겠습니다.

주민4   옘병, 젊은 애들 다 떠나고 없는데 일은 누가 나가고
       애는 누가 만든댜?

사장2   남은 주민들이라도 모두가 잘살게 되고 부자 되면,
       그게 마을 살리고 지역을 살리는 길.

주민2   그러니까 사이코패스박물관. 관광객 오죠, 입장 수

입 생기죠…….

주민3 문화다양성 실현, 모범 B급 박물관, 엽기 콘셉트
로 지역문화 활성화, 시리알 킬라 글로발화에 부
응…….

사장4 누군가 배후에 있어.

사장1 지역경제를 활성화해야 합니다. 댐 상류에 유람선
띄우고, 수중 카지노 지어드리고, 또…….

주민4 염병, 물이 없는데 배는…….

사장2 피해자 유족 중 청소년들에게 장학금 지급, 지역 공
장 설립 후 자동 취업.

사장4 유해가스 배출 공장으로다 말이지…….

주민4 유족들만?

주민3 공장 들어서봤자 필리핀, 네팔 애들만 꼬여.

주민2 마을 주민들도 정신적 피해가 얼마나 큰데. 모두들
정신적 내상, 트라우만지 사이크로라만지, 그게 깊
다고.

주민4 양다리 샛말에 사는 공 씨는 '남성기보유죄책증후군'
인가 뭔가로 발광해 낫으로 자지를 잘랐어.

주민1 구두리 이장댁 할머니는 갑자기 레즈비언이 돼서 영
감님하고 갈라섰답니다.

주민3 배 씨네 할아버지는 치매에서 돌아와 제정신이 됐다
고.

사장4	누군가 배후에 있어.
사장2	좋습니다. 피해자 유족은 물론 읍내 전 가구 청소년 중 서울 소재 대학에 들어가면 졸업 때까지 등록금 전액 장학금 지급.
주민4	우리 아들은 지방대 다니는데.
사장1	도내 대학 입학생하고 재학생까지 장학금 지급!
사장4	장학재단설립을위한정관기초위원회구성을위한준비위원회 구상 TF팀 만든 다음에…….
주민1	사장님들 기업 본사 지역 내 이전!
사장2	집이 멀어서…….
사장1	역내 이전!
사장4	사장실만 이전 후 폐업…….
주민3	이화여대 농업실험장 지역 내 유치.
사장4	콜! 이대 농대가 어딨어.
주민1	이화여자대학교농업대학설립을위한기업후원회 결성.
사장1	……콜.
주민2	끝으로, 전 주민 위로금 조로 가구당 현금 100만 원…….
주민1	천만 원씩!
사장1	명보 유품 인수 후 1개월 안에!
사장4	1개월씩, 50년 동안 순차적으로…….

주민1, 무언가 서류를 꺼낸다.

주민1 자, 이건 저희가 준비한 상공인협회와 주민 대표단의 약정서입니다.

사장1 '사이코패스박물관 건립 계획 백지화 방안', 언제 이렇게 준비를⋯⋯!

주민2 불미했던 지난 일들을 다 잊고, 자연 청정, 인심 청정, 우리 마을을 만들어봐요.

사장1 자연 청정, 인심 청정, 하하하!

주민1 자, 그럼 우리 사진 촬영 준비할까요?

사장3 이거 우리가 너무 나간 거 아닙니까? 손해가 막심해요.

사장1 가만있어보세요. 우선 유품 접수하는 대로 24시간 내에 소각해버리고 나서, 그다음에 보자구요.

주민1 우리 다 같이 우리 피해 아이들의 명복을 빌겠습니다. 묵념!

주민들 아아, 명보야!

12장
4분 33초

〈사이코패스〉의 각 장면과 등장인물, 상황과 사건, 대사 등을 재료로
하여 종합적으로 한 장면을 구성해보자 :

이 장면은 단순한 재구성이 아니라, 지금까지 시도된 작품의 구조와
형식, 주제, 대사를 비롯한 모든 것을 뒤집고 파괴하는 것이어야 한다.

13장
엄마야 누나야 2

교도소 특별 면회실.

—수녀, 4001호, 1004호

탁자를 사이에 두고 중년의 수녀와 4001호, 1004호가 앉아 있다. 한동안 끊겼던 이야기를 잇듯, 수녀가 천천히 입을 연다.

수녀　　　……나는 늦은 아침을 먹고 나면 산 넘어, 마을 질러 강변으로 갔어요. 어머니를 기다린 건 아니지만 매일 갔지요. 저녁 햇살에 모래가 금빛으로 빛나고 갈대가 서걱거릴 때까지 앉아 있다 돌아오곤 해죠. 그해 겨울은 몹시 추웠는데, 그 겨울에도 고뿔이나 몸살을 심하게 앓는 날을 빼곤 매일 강변으로 갔어요. 이듬해 봄 어느 날, 햇살은 따사로웠고, 눈썹 끝에 붙들어도 어머니 모습은 자꾸 달아나고, 나는 누워 눈을 감았어요. 감았다 뜨면 하늘은 파랗고 또 노랗고, 붉다가, 그러곤 잿빛이었습니다. 나는 눈을 떴어요. 밥 먹을 시간이었습니다. 내가 눈을 뜨고 얼굴을 옆으로 돌렸을 때, 동생의 얼굴이 있었어요. 그러고 보니 넓적다리가 서늘하고 가랑이가 미끌거리며 뭔가 편치 않았어요. 명보야, 너 뭐 하니?

4001호 (1004호와 동시에) 네?

수녀 동생이 눈을 내리깔며 치마에서 손을 빼더니 그대로 일어나 모래사장을 뛰더라구. 못난 새끼! 밤마다 번갈아가며 나를 건드리는 아버지와 두식이 오빠를 생각하니 더 화가 치밀었어. 그때마다 동생은 문틈으로 그걸 엿보곤 했거든. 동생이라는 게, 누나가 그 꼴을 당하고 있는데……. 나는 일어나 보육원으로 돌아갔어. 부엌으로 갔지. 부엌문을 열려 하는데 안에서 무슨 소리가 났어. 달그락달그락……. 천천히 문을 열었지. 어두워서 잘 보이지 않았지만 죽어가는 호롱불 아래 희미하게 드러났어. 동생이 솥단지를 낀 채 바닥에 앉아 숟가락으로 솥바닥을 긁고 있더군. 나는 마당으로 가 벽돌을 집어 들었어. 많았지, 벽돌은. 부엌으로 돌아가 벽돌로 동생의 뒤통수를 찍었어. 피가 흐르는 뒷머리를 감싸며 동생이 부엌을 뛰쳐나가더라구.

4001호   (1004호와 동시에) 저런!

수녀   명보야, 명보야……

4001호   (1004호와 동시에) 네!

수녀   아니, 너희 말고. 명보야, 가지 마……. 나는 곧 후회하면서 동생을 쫓아 나갔지만 어디에서도 찾을 수가 없었어. 그게 끝이었지. 그 후로 동생을 다시 볼 수 없었으니까. 아아, 명보야…….

4001호   (1004호와 동시에) 네, 누님!

수녀   자꾸 그럴래?

4001호   (1004호와 동시에) 제가 명보예요, 누님.

수녀   이것들을……! 하긴, 명보는 끝내 나를 못 알아보더군. 면회할 때 누나를 앞에 앉혀놓고도 누나 얘기를 하더라니까. 아아, 명보야…….

4001호   (1004호와 동시에) 네, 누님.

수녀   하느님께 가서 편히 쉬거라. 하나님, 가엾은 명보의 영혼을 거두어주소서. 하느님, 제게 아무 조건 없는 밥을 처음 주신 하느님 아버지…….

4001호   (1004호와 동시에) 누님…….

치정

—이 희곡에는 정비석의 소설 『자유부인』과 아이스킬로스의 희곡 『아가
멤논』『코에포로이』의 일부 내용이 차용, 윤색되어 있다.
—극 중 고딕체로 쓰인 부분은 자막 영상이나 내레이션으로 표현된다.

등장인물	남덕술
(등장순)	장태연
	오선영
	신춘호
	박은미
	한태석
	이월선
	정비석
	황산덕
	편집국장
	독자1, 2, 3, 4, 5
	패널들
	수사관1, 2
	신춘수
	어을동
	박인수
	송인순
	브루스 왕
	형사
	검사
	희
	란
	남친
	경숙
	강쇠
	세리
	손 씨

다른 형사
흑산
카르멘
검시관1, 2
니키타
송이
람보
라바마
김진사
갠세이
여인들
그 외 대사에 나타나는 인물들

공간   서울시경 수사부
가상의 토론 공간
시경 조사실
알 수 없는 곳
스튜디오
골방
무도교습소
경찰서 조사실 또는 가정집 공부방
에버랜드
검시실
응접실
오피스텔 방

1.

1954년 3월, 서울시경 수사부.

남덕술 부장이 소설 『자유부인』을 읽고 있다. 그의 책상 옆에는 커다란 여행용 가방이 서 있다.

> 대학교수 장태연의 아내이며 가정주부인 오선영은 오랜만에 가정에서 벗어나 거리를 걸으며 자유를 만끽한다. 화교회라는 모임에 참석한 오선영은 자신의 삶이 초라함을 느낀다. 선영은 사회 지도층 인사의 부인들이 계 모임을 하고, 사교춤을 배우며, 애인을 만드는 등 자유로운 생활을 즐기고 있다는 것을 알게 된다. 오선영은 남편의 구속에서 벗어나고 경제적인 궁핍으로부터 자유를 얻기 위해 직업을 가지고자 마음먹는다. 그녀는 남편의 허락을 얻어 파리양행이라는 양품점을 맡아 경영하게 된다. 그리고 옆집 대학생 신춘호에게 사교춤을 배운다. 곧이어 세련된 여성임을 증명하기 위해 댄스홀로 진출한다.

남 부장의 전면에 당대의 댄스클럽 플로어가 펼쳐진다. 부둥켜안고 빙글빙글 돌아가는 남녀, 남녀, 남녀…….

한편 장태연 교수는 미군부대 타이피스트 박은미에게 연심을 품지만, 차마 어찌하지 못해 애만 태우고……. 오선영은 신춘호와 춤을 추며 연정을 느끼게 되고, 양품점 주인 이월선의 남편인 한태석의 은근한 시선을 즐긴다.

신춘호와 춤을 추던 오선영이 어느 사이 한태석의 손을 잡고 돈다. 한순간 이월선이 플로어로 뛰어들어 오선영과 한태석을 붙잡으려 한다, 멀리서 장태연 교수가 이를 바라보는데, 박은미가 뒤쫓아 와 장태연의 뒤에 선다. 타블로(Tableau)!

전화벨이 크게 울린다. 남 부장이 수화기를 든다.

남 부장　　수사부장이오. (사이) 예, 오 비서님. 어, 어쩐 일로……. (사이) 예, 지금 말입니까? 옛, 알았습니다. 그런데…… 각하께서 어쩐 일로……? (사이) 옛, 알았습니다!

남 부장, 긴장된 얼굴로 사무실을 나간다.

그러나 신춘호는 선영의 조카와 결혼을 해 유학을 떠난다. 낙심한 오선영은 한태석과 사교파티에 참석한 뒤 은밀한 시간을 가지려 한다. 그러나 비밀스러운 호텔에서 뜨거운 입김을 나누려는 결정적인 순간, 그만 이월선에게 발각된다.

2.

가상의 토론 공간.

정비석과 황산덕이 앉아 있고, 가운데 편집국장(이하 '국장')이 있다. 맞은편에 패널처럼 다수의 독자가 앉아 있다. 방송국 스튜디오를 연상시킨다.

국장   오늘도 우리 신문의 『자유부인』을 애호하여 열독하시는 독자 여러분께 감사드립니다. 『자유부인』은 우리 문학사에 전례를 찾아볼 수 없을 만큼 장안의 지가를 올리고 있으며, 애독자들은 매일매일 『자유부인』이 연재되는 우리 신문이 발행되기만을 애타게 기다리고 있습니다. 작가 정비석 선생님, 축하드립니다.

정비석   감사합니다.

국장   이제 정비석 작가님은 우리 문학사에 남을 그 성명에 더하여 화려한 훈장을 달게 되었습니다.

정비석	과찬이올시다.
국장	오늘 특별히 서울대학교 법학대학 황산덕 교수님을 모셨습니다. 고명하신 황 교수님께서도 『자유부인』을 애독하고 계실 줄은 몰랐습니다. 훈훈하게, 한 말씀 부탁드립니다.
황산덕	한마디로, 유감스럽게도, 이것은 갖은 재롱을 부려가며 대학교수를 모욕하는 글이외다.
국장	예에?
황산덕	어드렇게 대학교수 부인이란 이가 이리 방종하게 행동할 수가 있는가. 이는 문학을 빙자하여 대학교수를 모독하는 행위요.
국장	의외의 시각입니다. 황 교수께서는 『자유부인』을 매회 읽으셨나요?
황산덕	내 뭐, 소설은 읽지 않았으나 소문에 의해 그 줄거리만은 충분히 알고 있소. 게다가 박은미라는 이 여자, 이건 양공주와 다를 것이 무엇이겠는가.
정비석	황 교수의 비난은 소설에 대한 몰이해에서 나온 것이외다. 어드렇게 소설은 읽지도 아니하고 비난부터 한단 말이오. 소설 속의 장 교수는 자기도 모르는 사이에 애틋한 마음이 싹터 속으로만 연모의 마음을 간직하고 있었소. 그걸 도외시한다면, 황 교수야말로 대학교수답지 않게 감정적으로 흥분하고, 대학

교수로서 매우 불성실한 비판 정신을 보여준 것이 아니겠소.

황산덕 귀하의 『자유부인』은 단연코 문학작품이 아니외다. 이러한 내용이 아직 전쟁 중에 있는 한국의 신문지 상에 연재됨으로써 철없는 청소년의 정신을 마비시키고, 더구나 근거 없이 대학의 위신과 대학에서 건설된 민족문화의 권위를 모욕한다는 것은 용서할 수 없는 죄악입네다. 귀하야말로 문화의 적, 문학 파괴자, 중공군 50만 명에 해당하는 적이외다. 지금도 삼팔선을 지키고 있는 장병들을 생각하면 부끄러울 뿐이오.

정비석 이 소설을 집필한 것은 사회에 만연한 퇴폐풍조와 춤바람을 경고하는 의미였을 뿐 대학교수를 모독할 생각은 추호도 없었소. 여주인공의 탈선으로 독자의 흥미를 자극하고, 결말로서는 사회통념을 지지하고 있으니, 이야말로 보수적인 주제의 글이 아니겠소.

황산덕 개수작일 뿐이지…….

정비석 여기 입술 빠는 장면이 나옵니까, 젖을 만집디까? 듣자 듣자 하니…….

국장 아아, 『자유부인』, 사랑하는 아들의 살을 저미는 악한의 행동을 그대로 보고 있어야 되는 어버이의 마음만큼이나 쓰리고 아프구나. 『자유부인』은 우리 신문의 구독자 수를 하루아침에 배가시켜주고 있으니 언론 사업의 발전에도 혁혁한 공헌을 하고 있는 터, 토론자를 잘못 섭외한 것인가. (사이) 여기서 매일매일 쌓이고 있는 독자들의 편지를 읽어보도록 하겠습니다.

맞은편에 앉아 있던 패널들이 일어나 발언한다.

독자1   소생은 중동부 전선에서 조국의 산맥을 수호하는 일 병졸인데, 귀지에 연재 중인 정비석 선생의 『자유부인』을 일자 일구 빠짐없이 애독하고 있는 한 독자입니다. 장태연 교수에게 격려의 말씀을 드리고자 합니다. 장 교수는 미군부대 타이피스트 박은미와 좀 더 열렬한 연애를 해서 오 여사와 이혼소송을 제기하라! 중동부 전선 병장 전하림.

독자2   정비석 선생! 왜 하필 그와 같이 방종한 패륜의 여성을 전형적인 학자풍 대학교수의 부인으로 만드셨는지. 귀하는 교육계와 무슨 숙원이 있으신지 수긍키 곤란합니다. 현 시국을 역행하는 소위 인텔리겐치아의 탈선을 통감한 나머지 경종을 울리신 것으로 짐작은 갑니다만, 묘사 방법에 좀 재고려가 어떠신지? 서울 마포구 아현동 최 여사.

독자3 편집국장, 귀하의 행복을 앙축합니다. 소생은 귀지의 애독자인 동시에 대학에서 교편을 잡고 있는 자입니다. 근자의 학생들이 사모님이란 칭호 대신에 자유부인이란 대명사를 사용하고 있다시피, 학교 안에서는 중대한 센세이숀을 야기하고 있음을 알고 계시는지 궁금합니다. 냉정한 태도로써 깊이 반성하시고 중단하거나, 불연이면 화제를 건전한 방향으로 전환시킴이 모든 불행의 근원을 배제하는 현명한 태도일 줄 생각하오며…… 충심으로 충고하는 바입니다. 서울시 창성동 113 이범초. 사대교수.

독자4 우리는 『자유부인』을 처음부터 계속 읽고 있습니다. 앞으로 끝이 어떻게 맺어질지 모르겠으나, 지금까지 써온 것을 보아서 좋은 열매가 맺어질 것으로 믿습니다. 나무가 크면 클수록 바람을 더 받는다는 격으로, 작품도 역시 반동이 심한 것은 그만큼 인기가 있기 때문입니다. 외부의 반발이 심하다고 해서 가는 방향을 바꾸거나 멈춰서는 절대 안 될 것입니다. 이 소설이 대학교수의 위신에 관계되고 학원의 위신에 관계된다고 하더라도 소설 내용이 현실 사회의 실정과 어긋남이 없다면 정 선생의 작품이야말로 사회의 거울로서 높이 찬양되어야 할 것입니다. 이런 의미에서 『자유부인』에 열렬한 격려를 올립니다. 수원시 장

로교회 최철 목사 외 1인.

국장   많은 독자들께서 사연을 보내주셨으나 일일이 소개
해드리는 것이 벅찰 뿐입니다. 이 정도로 대강의 견
해들을 들어본 걸로 하고, 그럼 여기서 『자유부인』
이 가야 할 방향에 대해 좀 더 심도 있는 토론으로
들어가보도록 하겠습니다.

3.

시경 조사실.

남 부장과 정비석이 마주 앉아 있다.

남 부장   지금 밖에는 여성단체 회원들이 전국 각지에서 모여 데모를 하고 있소. "여성 모욕을 중지하라." "미풍양속을 해하는 소설을 불태우자." 각하께서도 특별한 관심을 갖고 계시드면. "이북과 모종의 관련이 있는 것은 아닌가?" "어째서 남한의 현실, 특히 관공리들의 어두운 면을 파헤치는가?" "국회의원을 비롯한 정계, 재계의 비리를 폭로하고자 한 목적이었는가?" 남한을 음란, 퇴폐하게 만들어 적화하기 위해 북으로부터 공작비를 받고 쓴 것이 아니오?

정비석   내래 이북에서 지주의 아들이라 해서 서러움도 많이 받았드랬소. 어찌 그런 의도에서 작품을 썼겠소.

남 부장   지금 이북에서는 『자유부인』은 대한민국 자본주의

체제의 타락을 보여주는 사례로서, 남한은 이렇게 속속들이 썩어가고 있다'고 선전 공세를 펴고 있는 거 알고 있소?

정비석 그렇든 어떻든 내 의도가 아니고, 나와 관계없는 일이외다.

남 부장 그래, 앞으로 어쩔 셈이오? 이 소설 끝이 어찌 되려나?

정비석 ……아직 거기까지는…….

남 부장 에 또, 어디 보자……. 지난 회가 어디서 중단되었는지 봅시다. '다음 날 정오가 다 되어 집에 가까워오자, 오선영 여사는 어쩐지 가슴이 두근거리고, 얼굴이 뜨거워왔다. "아주머니, 인제 들어오세요?" 오 여사는 순이에게 대꾸도 아니하고 대문 안으로 들어서면서 "아저씨는 학교에 나가셨겠지?" 하고 물으며 대청 쪽을 바라보다가 깜짝 놀랐다. 으레 집에 없으려니 했던 남편이, 천만의외에도 대청마루 쪽에 염라대왕처럼 우뚝 버티고 서서 심쌀스러운 눈초리로 이쪽을 노려보고 있기 때문이었다……. 정말 무서운 시선이었다……. 결혼생활 10여 년 동안에, 남편 얼굴에 그처럼 무서운 표정을 보기도 이번이 처음이었다……. "아이 웬일이세요. 아직 안 나가셨구려? 어젯밤 무척 기다리셨죠?" "이, 더러운 여편네! 나가!"

분노는 드디어 폭발되었다.' (사이) 이제 오선영 여사는 집을 나가갔지요?

정비석 아직은 모르디요.

남 부장 안 나가면, 혀를 깨물고 죽는단 말입니까, 장 교수를 쳐죽이고 집을 차지한단 말입니까.

정비석 나가긴 나가겠디요.

남 부장 그런 다음?

정비석 글쎄, 아직은…….

남 부장 그래도 대강의 구상이 있을 것 아니오. 혹시 아오? 혹시 여기서 나가게 되면, 혹시, 바로 다음 회를 쓰게 될지도 모르지 않소?

정비석 글쎄…… 에 또……. 오선영은 집을 나와 정처 없이 길을 헤매갔디요. 양품점으로 가보지만 이월선 마담이 있을지 모르니 감히 들어갈 수가 없었갔디요. 친정 오라비 집엘 가보지만 그 집도 국회의원 선거에서 져 거지꼴이 되었갔디요. 겨우 하룻밤 여관에서라도 자보갔디만 그다음 날은, 또 어찌할 수가 없갔디요. 홀어미와 사는 양품점 미스 윤의 집에 방 한 칸 얻어 들어가보갔디만 그 또한 오래갈 수는 없갔디요. 그러던 어느 날 장태연 교수가 공청회에서 토론을 한다는 소식을 신문에서 접하고 공회당으로 향하갔디요. 강당 객석 뒤 기둥에 몸을 감춘 채 남편의

토론을 들으며 뜨거운 눈물을 흘리갔디요. 공청회
가 끝나고, 다들 빠져나간 강당을 뒤늦게 나서는 그
녀를 누군가가 붙잡갔디요. "공청회에 방청을 왔었
소?" 뒤를 돌아보니 장태연 교수가 아닌가. 장 교수,
그녀의 어깨에 손을 얹더니 가만히 끌어당기면서 이
러갔디요. "자, 집으로 갑시다!"

남 부장   뭐가 그리 싱겁게 끝난단 말이오! 그럼 장 교수가
그 여자를 용서하고 받아들인단 말이오?

정비석   그러면…… 안 됩니까?

남 부장   아니 되오!

정비석   내래 깜짝 놀랐시요!

남 부장   아내와 어미의 본분을 저버린 여자를 어찌 그저 용
서한단 말입니까! 있을 수 없는 일이오.

정비석   그래…… 남 부장님이라면 어찌하시갔소?

패널들의 목소리가 들려온다.

"죽인다!"
"집에 들어가자마자 장 교수가 패기 시작하는 거야.
애들은 '엄마아', '아부지, 엄마 때리지 말아요'."
"집에 따라 들어갔더니 순이가 이미 배가 불러 있는
거지."

"박은미가 장태연 교수를 못 잊어 찾아와, 벌써 같이
살고 있는 거야."

"장태연의 손을 뿌리치고 한태석의 집으로 가 이월
선 마담의 이마를 벽돌로 치는 거야. 호텔에서 망신
당한 복수를 하는 거지."

"신춘호를 쫓아 미국으로 가는 밀항선을 타는 거
야."

"장 교수의 손을 뿌리치고,"

"장 교수의 뺨을 때리고,"

"정식으로 집을 나가,"

"거리의 여자가 되는 거야."

4.

시경의 또 다른 조사실.

수사관 둘이 한 청년—신춘수를 몽둥이로 패고 있다.

수사관1　　말하라우, 신춘수. 네래 그분이 어드런 분인지 모르
　　　　　　갔니?

신춘수　　아, 압니다. 시경 수사부…….

수사관2　　반도의 산야에서, 만주의 벌판에서 공산 비적을 색
　　　　　　출하느라 동분서주, 비바람 눈보라 속에서 풍찬노
　　　　　　숙하시던 분…….

수사관1　　해방된 조국에서는 빨갱이들 때려잡고 불순분자 색
　　　　　　출하는 데 비호같았던 분…….

수사관2　　그런 분의 싸모님을 감히 건드려, 감히!

수사관들, 신춘수를 몹시 때린다.

신춘수　　　아아악—! 잘못했습니다. 살려주세요.

수사관2　　잘못한 건 아니?

신춘수　　　아드님 가정 교습을 게을리했지요.

수사관2　　왜?

신춘수　　　사랑한 게 잘못이지요.

수사관1　　사랑?

신춘수　　　마음과 몸을 다 바쳐 사랑했습니다.

수사관1　　오랜만에 감동해보네.

수사관2　　네래 부장님이 직접 들어오시면 뼈도 못 추린다.

수사관1　　일경 고등계 시절 전수받은 고문 실력을 또 우리가
　　　　　　전수받았으니까니. 조금만 맛을 보여줄까.

수사관들, 전기 고문을 준비한다.

신춘수　　　추, 춤만 췄습니다. 춤만 가르쳐드렸습니다. 우린 순
　　　　　　수했습니다.

수사관들, 고문한다.

신춘수　　　아악, 춤만 췄어요. 춤만…….

수사관1　　순수……. 우리도 순수한 마음으로 이러는 기야. 알
　　　　　　고 싶은 순수한 마음.

수사관2	누구한테 배왔니?
신춘수	배워요?
수사관2	기래, 누구한테 춤을 배왔어?
신춘수	동대문 왕 선생님…….
수사관1	상하이 무도의 대가 브루스 왕! 하지만 내가 보기엔 네 춤에는 피양 대동강 물 냄새가 나.
수사관2	네 윗선이 누구야? 북에서 지령받았지?
신춘수	예?
수사관2	남조선 경찰 내 실력자 남덕술의 부인을 유혹해 대공수사망을 심리적으로 궤멸시켜라!
신춘수	웬걸요. 사모님을 사랑하는 마음에 내 가슴만 썩어 문드러졌습니다.
수사관1	그래, 어드랬니?
신춘수	뭐가요?
수사관1	재미가 좋았니? 속살은? 뽀얗더냐?
수사관2	어허, 이 사람……! 거기는? 무성하더냐?
신춘수	그건……, 몰라요.
수사관1	조선 명문가의 손녀, 독립투사의 따님, 그 맛이 어떻더냐?
신춘수	몰라요!

다시 고문을 시작한다.

수사관1   왜 몰라? 같이 춤을 추고서 왜 몰라?

수사관2   알고 싶다. 내래 알고 싶어!

신춘수   말 못 해…….

수사관2   알고 싶은 마음, 고문하는 마음!

수사관1   말하라우!

고문의 강도를 높인다.

신춘수   아아악—! 사모님, 저 먼저 갑니다!

5.

알 수 없는 곳.

남덕술과 그의 아내 어을동이 격투를 벌인다. 어을동이 도끼를 휘두르고 있고, 남덕술은 이미 복부에 치명상을 입었다.

어을동 사랑의 이름으로 야망을 숨기고, 야망의 이름으로 원한을 숨기고, 천한 손으로 우리 집안을, 대대손손 지조를 지켜온 가문을 뽀사불고 꽃다운 나를 짓밟은 너!

남덕술 네래, 나한테, 이럴 수가!

어을동 나의 순수한 사랑에 매질하고, 칼질하고, 뽈갱이 칠을 해 시궁창에 버린 너! 너를 죽여 뼈를 뽀수고 살을 썰어 조각조각 낼 것이여!

장덕술 내래 기르고 키운 것이 독사였다니!

어을동 너의 포를 떠 조상 묘에 바치고 내 죄의 만분의 일이라도 씻을 것이여!

어을동의 마지막 일격. 남덕술이 을동의 손목을 잡고 버틴다. 부들부들 손목이, 도끼날이 떤다.

6.

어딘지 알 수 없는 좁고 어두운 공간.

누군가 등을 보이고 쭈그려 앉아 무언가를 썰고 자른다. 그 옆에 커다란 여행용 가방이 입을 열어젖히고 있다.

　알아?

　뭐?

　요새 안 보이잖아.

　누구?

　누규우?

　우리의 여신.

　카르멘.

　그러고 보니…….

　사나흘 됐지?

　흑산도 안 보이잖아.

　열흘 전 어디 좀 다녀온다고, 님들아 안뇽, 하고는 무소식…….

그러고 나서 카르멘도 안 들르잖아.

글쎄…….

그러게.

나 여기…….

아, 흑산!

　└양반 아님.

아뇽, 님들.

방가방가.

오랜만이다아!

그동안 어디 갔었음?

먼 데…….

먼 데 어디?

음…… 좀 먼데.

어디? 컴도 안 하고 전화도 없이, 어디?

어디?

어디이?

스튜디오.

정비석과 황산덕이 마주 앉아 있다. 국장도 함께 있다. 정비석은 여기 저기 멍이 들고 부러진 듯한 모습이다.

황산덕	정 작가님, 잘하셨소이다. 비록 오선영이 교수 부인 임에도 불구하고 춤에 미쳐 남편과 아이들을 저버리 기는 하였으나, 뒤늦게라도 교수 부인으로서의 양심 을 되찾아 가정으로 돌아갔으니 말입네다. 게다가 장태연 선생은 교수다운 아량으로 돌아온 아내를 품어 안으니 이 아니 아름다운 결말이갔소.
국장	정 작가님, 어디 다치셨습니까?
정비석	예, 좀 넘어져가지구설라무네……
황산덕	조심하셨어야디요. 나이 들어 낙상 한번 잘못해서 다시 걷지 못한 이가 한둘이 아니라오. 작가가 학 문의 마루에 오르거나 사상적 우두머리를 욕심내면

큰 탈이 나듯이, 담 밖의 불륜도 적당히 즐기고 털
어내면 탈이 덜하되, 남의 가정을 넘보고, 그 안에서
자리나 힘을 취하고자 한다면 사달이 나는 법이디
요. 그러니 잘 쓰셨소. 잘 끝내셨소.

정비석   기래도 나의 작품은 사회적 현상의 일말을 비춘 것
이지 다른 나라의 이야기는 아닌 것이외다. 패륜 드
라마, 막장 드라마도 널려 있지 않소. 내년에 보시
오. 박인수라는 자가 나타날 것인데, 이자는 무수한
부녀자를 농락하여 온 장안을 뒤집어놓을 것이외다.

국장   아, 박인수!

황산덕   〈봄비〉를 부를 것이라는……?

정비석   그 박인수가 아니라…….

황산덕   그곳이 차마 꿈엔들 잊힐 리이야…….

정비석   그 박인수도 아니고, 아주 고약한 박인수가 있을 것
이오.

황산덕   어드런 자요?

국장   1955년 7월 22일 오전 10시 20분, 서울지방법원 대
법정에서 희대의 재판이 열리게 됩니다. 1954년 4월
부터 이해 6월까지 1년 남짓 동안 해병 대위라 사칭
한 박인수라는 자가 해군장교구락부, 국일관, 낙원
장 등을 무대로 부녀자들을 춤으로 유혹하여 간음
하기를 상대가 70여 명에 이른다고 하지요.

황산덕   썩어빠진 것들! 아마도 매춘부나 양공주 들이겠지
           요.

정비석   아니오. 대부분 여대생들이었고, 고관의 딸들도 있다
           하오.

황산덕   이런 죽일 놈을 보았나! 그래 그 아까운 여대생들의
           순결을 작살내버린단 말이오?

정비석   박인수 왈, "제가 상대한 70여 명의 여인 중에 단 한
           사람, 미용사였던 이정숙만이 처녀였음을 기억하고
           있습니다".

황산덕   그자야말로 중공군 숫자로는 계산이 안 될, 마오쩌
           둥에 비견될 만한 거악이로구려. 전란의 소용돌이에
           서 나라를 구하자고 군문에 들어간 자가 어떻게 춤
           을 연마할 생각을 가졌단 말인가.

국장   무신—춤의 신, 신의 경지에 이르렀다고 하지요. 맘
           보, 차차차, 룸바, 탱고, 지르박, 브루스, 최신의 트위
           스트, 그리고 한량무, 처용무에 살풀이까지…….

어두운 골방.

박인수와 그의 약혼녀 송인순.

송인순   이제 그만 돌아가세요, 인수 씨.

박인수	내 인순 씨에게 한마디만 하겠다 하여 철책을 넘고 산길을 넘어 전방을 벗어나 이렇게 겨우 왔으나 그 할 말이 뭔지 모르겠소.
송인순	부질없세요. 저는 이제 남의 여자야요. 저를 놓아주세요.
박인수	인순, 나는 이제 돌아갈 곳이 없소. 부대로 돌아가봐야 한번 탈영한 몸, 바로 영창행이오.
송인순	제가 그이에게 잘 말씀드리지요.
박인수	그이라면⋯⋯?
송인순	연대식 대령⋯⋯.
박인수	우리 부대 연대장인 그 연 대령? 인순 씨를 내게서 앗아간 자가 연대식 대령이었단 말이오?
송인순	작년 겨울 부대로 면회 갔을 때, 돌아오는 길에 우연히 만나 지푸를 태워주셨드랬지요.
박인수	아아, 야속하다. 부하의 여자임을 알고도 어찌 차마⋯⋯!
송인순	다 제가 죽일 년이야요. 그분도 무척 괴로워하세요.
박인수	듣기 싫소. 내 앞에서 누구의 역성을 드는 것이오?

밖에서 확성기 소리가 들려온다. "박인수, 박인수, 너는 포위되었다. 도주할 생각 말라." "자수하라. 자수하면 정상참작이 있을 것이다." "박인수, 먼저 여자를 놓아줘라."

박인수　　　인순, 나가시오.

박인수, 품에서 권총을 꺼낸다.

송인순　　　어쩌시게요, 인수 씨.

박인수　　　나는 나의 길을 갈 뿐……. 모든 것을 인정하고, 모든 것을 잊겠소.

송인순　　　인수 씨!

다시 스튜디오.

정비석　　　실로 『자유부인』은 우리 사회의 건전한 도덕이 흔들리고 성모랄이 도전받는 상황을 그렸으나, 건강한 보수성을 옹호하는 결말로 갔으니, 따지고 보면 싱거운 이야기라 할 것이외다.

황산덕　　　내 그 반은 인정하리다. 인간이 욕망을 품고, 다른 세계에 호기심을 가지는 것은 한편 당연하달 수 있으나, 집착하면 대가를 치를 것이요, 초연하면 스스로 빛나고 사회에 빛날 것이오.

국장　　　　아, 박인수는 어느 길을 간 것일까요?

황산덕　　　글쎄올시다…….

브루스 왕의 허름한 무도교습소.

박인수가 등신대의 인형 파트너를 이리저리 돌리며 땀을 흘리고 있다.
브루스 왕은 군만두를 먹으며 한 손으로 채찍을 휘두른다.

브루스 왕 원투쓰리포, 투투쓰리포, 이, 얼, 싼, 쓰, 이, 얼, 싼,
쓰, 이얼싼쓰, 얼얼싼쓰, 이, 얼……. 바가야로! 숨이
샌다. 마담과 호흡을 맞추란 말이야. 이따위 식으로
하려고 나를 찾아왔더냐? 어설프게 배워 나갈 생각
말아라. 전에도 신 모라는 애송이가 여기서 한 수 배
워 나가더니 어설프게 허리를 잘못 놀려 작두에 가
운뎃발가락을 썰리고 쇠고랑을 찼지. 다시! 등을 펴
고, 원투쓰리포, 투투쓰리포, 이, 얼, 싼, 쓰…….

황산덕 아, 그래 박인수라는 자는 어떤 판결을 받습네까?
국장 '혼인빙자간음죄'는 무죄.
황산덕 뭣이라?
정비석 "법의 이상에 비추어 가치 있고 보호할 사회적 이익
이 있는 것만이 법의 보호를 받을 수 있는 것으로,
법은 정숙한 여인의 건전하고 순결한 정조만을 보
호할 수 있는 것을 밝혀둔다"라고 재판장인 권순영
판사는 덧붙일 겁니다.

황산덕 음…… 법정에서 난리가 나갔구먼. 내래 옛날얘기를 하나 해드리갔습니다. 옛날에 옛날에 에버랜드란 나라에 호랭이들이 살고 있었습네다.

8.
막간 치정극 1

경찰서 조사실인 듯, 그러면서도 가정집 공부방인 듯한 곳.

형사, 책상 위에 앉아 있다. 희 선생, 바닥에 앉아 있고 그 옆에 시신이 이불에 덮여 있다.

형사   두 처녀가 있었지. 희와 란. 둘은 사범대학 졸업을 앞두고 시골의 한 고등학교로 교생실습을 나갔어. 뭐 20여 년 된 얘기야. 란은 그 학교에서 업보라는 고삐리 2학년 아이를 눈여겨보게 되었지. 덩치가 산 더미만 하고 미련해 보이는 아이였어. 말은 잘 듣겠 더라고. 수업이 끝나면 불러서 물방앗간에도 가보고 보리밭에도 가고 공동묘지에도 가봤지. 그러는 동안 에 이 아이, 꼴찌를 다투던 아이가 상위권으로 치솟 더라는 거지. 그러구러 교생 기간이 끝나고, 서울로 올라오려는데, 이 업보라는 아이, 학교 자퇴를 하고

따라나서는 거야. 서울로 돌아온 란은 업보를 희한
테 맡겨.

옆에 앉아 있던 희가 고개를 든다.

희   나보고 데리고 살면서 공부를 시키라는 거예요. 시
          골에 있을 때 같이 다니는 걸 사람들이 봤다고, 검
          정고시라도 합격시켜야지 나쁜 소문이 안 날 거라
          고. 그리고 과외 단속이 심해서 우리 방처럼 외진 데
          가 좋다나요. 과외를 시작했죠. 시골에서 매달 얼마
          씩 부쳐준다고 하더군요. 그런데 이 녀석, 미련한 데
          다가 게을러터져서 공부라고는 죽어라 안 하는 거
          야. 야, 일어나, 업보야. 넌 어째 낮잠 자는 시간이 밤
          잠보다 기냐.

희, 이불을 젖히고 업보를 일으켜 세운다. 업보, 일어난다. 인형이다. 희
가 업보를 앉은뱅이책상 앞으로 밀어 앉힌다.

희   한 20분이나 책을 들여다볼까. 이놈이 또 꾸벅꾸
          벅 졸지. 얘, 업보야. 정신 바짝 차리고, 내달이면 검
          정고시 아니니. 내, 참……. 그런데 이놈이 나를 쓱
          돌아보더니 씩 웃으면서 기어와. 그러고는 나를 턱

밀어 눕히고 슥 기어 올라오네. "업보야, 이럼 안
돼……." 덩치가 산더미만 하고 힘이 좋으니 어떻게
할 도리가 있나. 머리맡에 끓고 있던 주전자가 보이
더군. 집어 던졌지. 이놈이 "아아악!" 소리 지르면서
버둥거리더니 뻗더군. 정당방위였지.

란과 그녀의 남친이 들어온다.

희   이놈이 날 겁탈하려고 막 이렇게 이렇게 하는 거야.
란   나쁜 놈.
남친   씨발놈.

셋이 업보를 마구 때린다.

형사   업보는 3도 이상의 화상을 입었는데 세 사람은 병원
            에도 데려가지 않은 채 방치했고 사흘 뒤 업보는 죽
            었지. 그런데, 업보가 강간하려고 했다는 건 희의 증
            언뿐이지 마땅한 증거는 없어. 다른 동기가 있는 건
            아니었을까.

희, 누워 있는 업보를 일으켜 세운다.

희   야, 일어나, 업보야. 넌 어째 낮잠이 밤잠보다 기냐.

희가 업보를 앉은뱅이책상 앞으로 밀어 앉힌다.

희   얘, 업보야, 정신 바짝 차리고, 내달이면 검정고시 아
          니니. 란 선생님도 네가 시험에 합격해야 다시 만
          날 수 있다고 했어. 내, 참……. 그런데 이놈이 나
          를 쓱 돌아보더니 씩 웃으면서 기어와. 그러고는 나
          를 턱 밀어 눕히고 슥 기어 올라오네. "업보야, 이럼
          안 돼……." 덩치가 산더미만 하고 힘이 좋으니 어떻
          게 할 도리가 있나. 그런데 이놈이 이러는 거야. "란
          선생님, 정말 좋아요. 피부도 하얗고, 날씬하고…….
          란 선생님 어서 보고 싶어……." 머리맡에 끓고 있던
          주전자를 집어 던졌어. 이놈이 "아아악!" 소리 지르
          면서 버둥거리더니 뻗더군. 내 마음을 위한 정당방
          위였어.

란과 그녀의 남친이 들어온다.

희   업보가 공부는 안 하고 너 보고 싶다고, 너랑 물방
          앗간 가고 보리밭 가고 공동묘지 가고 그러던 게 그
          렇게 좋았다고…….

란   나쁜 놈. 거짓말!

남친   씨발놈. 물방앗간 가고 보리밭 가고 공동묘지 가고, 공부는 언제 해!

셋이 업보를 마구 때린다.

검사가 들어온다.

형사   아, 영감님. 기소 마치셨습니까?

검사   기소 좋아하네. 이거 수사 다시 해.

형사   왜냐고 여쭈어봐도 될까요?

검사   원이라는 또 다른 인물이 있어. 이자는 희와 수년간 편지를 주고받아온 사이인데, 편지 내용을 보면 연인 수준이더군. 란이 처음 소개해주었다는 거야. 이자가 사건에 어떤 역할을 했을 거야.

검사, 형사에게 한 무더기의 편지 봉투를 건네고 나간다. 형사는 편지 봉투에서 편지지를 꺼내 본다.

란이 편지를 읽고 있다. 업보가 누워 있다.

희   "……업보 군이 공부를 게을리한다니 걱정이 많습니다. 희 씨, 얼마나 고민과 노고가 많습니까." 야, 일

어나, 업보야. 넌 어째 낮잠이 밤잠보다 기냐. "정 그
렇다면 사랑의 매도 있지 않겠습니까." 업보야, 정말
안 일어날래?

희가 업보를 내려다보며 한숨을 쉰다.
란이 자신의 방에서 편지를 읽는다.

란   "……그러나 원이 씨, 연약한 여자의 몸으로 폭력을
          쓴다는 게 차마 못 할 일인 것만 같아요. 또 덩치가
          산더미만 한 게 완력으로 저항한다면 제가 어떻게
          감당하겠어요. 어쩌면 좋지요……."

희   "……우선은 기선을 잡는 것이 중요합니다. 예기치
          못하는 순간 급소를 가격하여 제압한 뒤 매섭게 다
          스리세요. 필요하다면 란 씨의 도움을 청하시지요."
          얘, 업보야, 내달이면 검정고시 아니니. 이 선생님이
          걱정이 돼 죽겠구나!

희, 주전자를 들어 업보에게 끓는 물을 끼얹는다. 업보가 비명을 지르
며 뒹군다. 란이 들어와 상황을 알아보고 나갔다가 남친과 함께 다시
들어온다.

란   이거, 대문 앞에…….

희   (란이 건네는 편지를 받아 읽는다) "란 씨에게 건장한
           애인이 있다고 하셨지요. 그분이 힘을 더해주신다면
           업보를 제압하는 데 효과적일 겁니다. 평소 업보가
           빨리 검정고시에 합격하여 란 씨가 걱정을 덜어냈으
           면 하는 마음을 간절히 표하곤 했다는 그분이니 기
           꺼이 도와주시지 않겠어요."

셋이 업보를 마구 때린다.

란   나쁜 놈. 왜 공부를 안 해!
남친   씨발놈. 공부를 왜 안 해. 란 씨가 얼마나 걱정하시
           는 줄 알아!
희   원이 씨 말이 맞아! 원이 씨는 내게 언제나 힘을 준
           다니까!

형사, 편지를 쓸어 모은다.

형사   원. 원. (사이) 원⋯⋯. 진정 이자가 범인이구먼!

9.
막간 치정극 2

옛날 옛날 에버랜드에 호랭이 두 마리가 살고 있었드랬디. 암호랭이 경숙이하고 숫호랭이 강쇠. 둘은 몇 년 동안 부부관계를 맺으면서 살아왔디. 그런데 젊은 암컷 세리가 들어와 한 우리에 살게 되면서 삼각관계에 얽히게 된 것이야. 그리하야 경숙이와 세리, 두 암컷은 서로 질투심에 빠져 사이가 몹시 안 좋았다고 하더라.

에버랜드.

교미를 하며 기성을 지르는 강쇠와 세리. 이를 지켜보는 경숙.

강쇠는 두 암컷에게 고루 사랑을 베풀었디만 경숙은 불륜을 저지른 강쇠를 용서할 수가 없었던가 보더라.

교미를 하는 강쇠와 경숙. 이를 지켜보던 세리, 구석으로 가 땅에 묻어둔 먹이를 꺼내 뜯는다. 한순간 경숙과 세리의 눈길이 만난다. 경숙이

포효하며 갑자기 강쇠의 목덜미를 문다. 물고 흔든다. 이를 지켜보며
공포에 떠는 세리. 강쇠는 비명을 지르다 축 늘어진다.

경숙   오빠, 생각나? 우리 숲에 있을 때 함께 풀밭을 뛰어
              놀고, 함께 사냥하고, 좋았지. 여름이면 물가에서 놀
              고, 눈이 오는 겨울엔 함께 잠자고…….

강쇠   그랬나? 그랬지.

경숙   호돌이, 호순이, 아이들도 낳아 기르고, 떠나보낼 때
              는 함께 흘린 눈물이 냇물처럼 땅을 흘렀지.

강쇠   그랬나? 그랬지.

경숙   그래, 우리 함께 늙고, 죽을 때는 서로 몸을 베고 한
              날한시에 죽자고 맹세했었지.

강쇠   ……그랬나…….

경숙   그런데…… 왜 그랬어?

강쇠   ……그랬지.

경숙   왜 말 안 했어? 왜 감췄어? 왜 저년한테만 줬어? 왜
              애!

강쇠는 대답 없이 늘어져 있고, 경숙은 울부짖는다.

      이때, 강쇠가 숨을 거둘 때, 경숙이는 네 살, 강쇠는 여섯 살이
      었드랬디.

10.
막간 치정극 3

경찰서 조사실인 듯, 그러면서도 허름한 원룸인 듯한 곳.

형사, 책상에 앉아 있다. 손 씨, 등을 보이고 바닥에 앉아 무언가를 열심히 자르고 썰고 한다. 한쪽 옆에 커다란 여행 가방이 입을 벌리고 있고, 바닥엔 빈 중국 술병들이 뒹굴고 있다.

형사   몇 년 전 얘기야. 1월 한겨울이었지. 오후 3시쯤 안산역에서 중국인으로 보이는 남자가 피가 뚝뚝 떨어지는 여행 가방을 들고 지하철 플랫폼을 내려가더래. 역무원이 따라가 "가방에 뭐가 들어 있소?" 물었지. 그러니까, "돼지고기, 40킬로" 하고 대답하더래. 그래, "그거 피 흐르는 가방을 가지고 타면 안 돼" 그러니까 이 남자 가방을 가지고 1층으로 올라가더래. 한 시간 뒤, 역무원은 순찰을 돌다가 남자 화장실에서 다시 이 가방을 발견했지. 가방 안에는 머리

없는 여자 몸통하고 팔이 들어 있더래.

손 씨 나 손명. 쑨밍. 손씨 인물 많아요. 손자, 손권, 손문, 손학규. 산둥에서 왔어요. 6년 돼요. 가리봉동 석재 공장에서 일합니다. 한성, 칭다오에서 온 친구, 정순미, 한국 여자, 같이 일합니다. 한성, 출국해요. 쫓겨나요. 정순미, 나랑 사개요. 정순미, 한성 보러 칭다오 가요. 돌아와요. 세 달 뒤요. 순미한테 갑니다. 다른 남자 있어요. 한국 남자 있어요. 누구야?

형사 너 잡으러 왔다! 어렵게 피해자 신원을 확인하고, 피해자 휴대폰 통화 내역을 추적해 용의자를 찾아 덮쳤지. 반항하지 말고 순순히 나와!

손 씨 한성이를 보고 싶어 칭다오 갔다, 로 알았다. 그런데 한국 남자하고 누워 있다. 화나요!

손 씨가 형사에게 달려든다. 형사가 손 씨에게 제압당해 두들겨 맞다 도망한다.

형사 너, 거기서 꼼짝 말고 있어!
손 씨 서! 죽어!

손 씨   한국 남자 쫓아가다 가게 들어가 중국술 사요. 순미 방에 앉아 있어요. 중국술 먹어요. 이과두주. 63도. 500미리. 얘기해. 누구야? 말 안 해요. 누구야? 말 안 해요. 누구야? 이제, 중국 사람 싫어? 누구야? 한국 사람이야? 니가 그랬어. 사랑. 국경이 없다고. 국경 없는 마을이라고. 그런데…… 누구야!

손 씨, 소리 지르며 인형으로 된 정순미를 때리고, 마시고, 때리고 자르고 썬다. 그리고 취해 쓰러진다.

손 씨   누구야……?

형사, 다른 형사와 함께 손 씨를 덮친다.

형사   경찰이다!

형사들, 손 씨를 끌고 가려 하나 워낙 취해 늘어져 쉽지가 않다.

손 씨   술 많이 먹었어요. 이 여자와 싸웠어요. 이 여자 죽으니까 죄송합니다.

손 씨, 다시 눕는다.

형사	나머지 시신 찾는 게 쉽지 않았지. 술이 안 깨. 뭐 살라살라하는데 알아들을 수가 있어야지. 원룸 옥상에서 다리는 찾았는데, 머리를 어디다 묻었는지 통 기억을 못 하는 거라. 이과두주, 뒤끝이 안 좋아.
다른 형사	이제 외국인이 대놓고 한국 사람 죽이고, 그것도 이렇게 잔인하게 죽이고, 이래도 되는 거야?
형사	여기가 국경 없는 마을이야.

11.
댄스 강습—
브루스 왕과 다 함께
'자이브' 기본동작
해보기

12.

어딘지 알 수 없는 곳. 벤치 하나가 있다고 하자.

카르멘과 흑산이 말없이 앉아 있다. 한동안 깊은 생각에 잠겨 있던 두 사람, 마주 보며 서로를 응시한다. 그러다 불현듯,

흑산   ……카르멘?

카르멘   ……흑……산?

흑산   ……이 순간만을 기다려왔는데, 기다리다 보니 만나게 되는군. 막상 이 순간을 맞으니 열혈 응징의 불꽃이 타오른다 할까, 필살 뒤에 남을 연민에 사막처럼 가슴이 말라 쪼개지는 듯하다 할까, 마는 이제 무슨 말이 필요하리.

흑산, 품에서 칼을 꺼내 카르멘을 무수히 찌른다.

카르멘   어억……! 그 긴 열망과 환멸을 돌고 돌아 온 끝이

칼빵이라니!

카르멘, 피를 철철 흘리며 쓰러진다.

13.

허탈하다. 칼에 찔려 죽은 듯.

이 참극의 시작은 무엇이었던가?

검시실.

긴 탁자 위에 시신이 한 구 누워 있다. 검시관 둘이 시신을 살펴보고
있다.

검시관1 아이고, 깊이 찔렸네. 힘이 좋은 건지, 원한이 사무친
         건지⋯⋯. 여덟, 아홉⋯⋯. 열아홉 군데야.

검시관2 팔 여기랑 다리 여기에 방어흔. 신경이 다 끊겼네.

검시관1 여자가 그래도 정신을 잃지 않고 저항을 했네. 세네.

검시관2 조폭 마누라도 아니고, 근래 이렇게 호되게 당한 보
         디는 처음이야.

검시관1 지난 3월에 보디 두 개가 들어왔어. 젊은 남자애들
         인데, 둘 다 거의 토막이 나서 들어왔어. 덜렁덜렁.

서로 싸우다 그렇게 됐다나.

검시관2 그쪽 들어봐. 아이구, 여기도 말이 아니네.

검시관1 강남구 신사동 한 초등학교에서 한밤중에 챙 챙, 칼 싸움하는 소리가 울리더래. 새벽에 0교시 수업하러 6학년 애들이 등교하다 보니까 운동장 한가운데 이 것들 둘이서 서로 머리를 맞대고 누워 있더래. 주변 은 토마토 축제를 한 것처럼 온통 시뻘겋고.

검시관2 이거 불시에 갑자기 찌른 거야. 방어흔은 치명상을 입고서 생긴 거고. 찌른 놈도 지독하고 막은 년도 지 독하고…… 놈인 건 맞나?

검시관1 한 놈은 대학교 복학생이고 한 놈은 술집 웨이터야. 전날 밤 대학생이 애인하고 술집엘 들어갔는데, 웨 이터가 여자 전 애인이야.

검시관2 세게 부딪쳤네. 10년 원수가? 다시 뒤집어보자구.

검시관1 처음엔 모른 척 지나가자 했지. 그런데 여자가 요물 이지. 알은척하고 앉으라고 했네. 뭘 들여다봐?

검시관2 크다. 깊다. 컴컴하다!

검시관1 처음엔 신사지. 우리 수지 좋은 애요. 잘해주쇼. 고 맙습니다. 시원시원하십니다. 멋지십니다.

검시관2 아, 이 손! 손바닥 갈라진 것 좀 봐. 칼날을 잡고 버 틴 거야.

검시관1 그렇지만 술이 들어가면서 이게 좀 험해지지. 형씨,

맥주 좀 더 갖고 와. 그러지, 뭐. 야, 안주가 이게 뭐
야. 왜, 꼬와? 아, 씨발. 나가, 늬들한테 술 안 팔아.
그래서 둘은 나갔대.

검시관2 미간에 이거, 칼날을 잡고 이렇게 버틴 거야.

검시관1 다들 나가. 씨팔, 오늘 술 안 팔아! 웨이터도 셔터 닫
고 나갔어. 둘을 찾아다닌 거지. 물건 좀 찾은 거 있
대?

검시관2 뭐, 족적도 없고, 혈흔도 없고, 칼날 조각도 없고, 터
럭도 못 찾고…….

검시관1 근처 포장마차에서 술 먹고 있는 둘을 찾았어. 다구
리 붙었지. 이 새 애인 체대 학생이래. 떡이 되게 맞
았지.

검시관2 여러 가지 정황으로 봐 전문가는 아닌데 준비를 치
밀하게 한 것 같아. 흔적을 안 남겨.

검시관1 근처에 문 닫은 곱창집이 있더래. 주방 문 깨고 들어
가 칼 네 자루를 들고 다시 갔지. 아 씨발, 칼로 뜨
자. 둘은 초등학교 담을 넘어 들어가 다시 격투를
시작해. 챙 챙 챙…….

검시관2 피해자 주변도 별게 없다지. 아버지랑 둘이 사는데,
거의 폐인이래. 컴퓨터만 끼고 산대. 밥도 방 안에서
혼자 먹고…….

검시관1 새벽에 6학년 아이들이 발견한 시체. 팔, 다리, 머리

가 다 덜렁덜렁, 하나는 목이 반은 잘리고 반은 붙어
서 덜렁덜렁…….

검시관2 어쩌다 간혹 외출을 하는데, 정말 어쩌다라네.

검시관1 그 머리에서 입이 들썩들썩하고 있더래. "나도 대학
생인데, 씨팔……. 나 휴학생인데……."

카르멘이 당했다고?

흑산, 당신이 어찌 앎?

보았으?

오늘…….

오늘?

나한테 웬 포돌이가 찾아왔지라.

알 수 없는 곳을 남덕술이 커다란 여행용 가방을 들고 지나간다.

14.

안냐세요?

누구?

누규?

누규우?

니키타라 해요.

아, 방가방가.

니키타!

　└살인 기계!

　└인간이 아니여.

방가.

우리 한국고고학회 오심을 환영해요.

나는 송이, 송이버섯.

나, 람보.

람보르기니.

몬테네그로요, 흑산.

반가워요. 라바마예요.

김진사올시다.

반가워요.

그러게요.

응접실 또는 가상의 스튜디오.

니키타를 중심으로 송이, 람보, 라바마, 김진사가 앉아 있다. 흑산은 자리에 앉지 않고 배후에 서성인다. 니키타 옆에 커다란 여행용 가방이 놓여 있다.

니키타	이렇게 초대에 응해주셔서 고맙습니다. 비록 가상의 만남이지만 좋은 결과 있길 바라요.
람보	가상이지만, 초대해주셔서 영광입니다.
김진사	감사합니다.
송이	가상이지만 미인이시다.
니키타	앞으로 많이 부탁해요. 전 아무것도 몰라요.
라바마	그런데 님은 뭐 하는 분이신데?
니키타	알고 싶은 게 많은 이.
라바마	이를테면 어떤 것?
송이	나는 님에 대해 더 알고 싶은데?
니키타	이를테면 어떤 것?
송이	카르멘은 얼굴도 보여줬지.

니키타   자, 보아요.

라바마   딴 것도 보여줬는데.

          └젖꼭지도 보여줬는데.

          └카르멘은 그랬어.

니키타   음……. 자, 보아요.

모두   와우!

송이   그래, 뭐가 알고 싶으세요?

니키타   카르멘이 처음 들어온 건 언제예요?

라바마   작년 이맘때……? 처음부터 인기 좋았죠. 왜 아니겠
          어요.

송이   여신이었죠. 그때만 해도 좋았죠, 모두들.

니키타   그런데 뭐 문제가 생겼나요?

김진사   흑산…….

니키타   흑산?

람보   몬테네그로라고, 있어요. 요즘 안 보이는데, 이자가
          카르멘에게 낚시질을 하기 시작했어요.

라바마   이거 공개 방에서 좀 거시기하다 싶게…….

니키타   처음부터 서로 끌렸다? 서로 반했다?

람보   워낙 그자가 들이대고 문질러대니까.

송이   그래도 되는 줄 알았으면 나도 그랬을 텐데…….

니키타   쉬운 여자였나 보지.

김진사   아, 우린 그렇게 보지 않아요.

니키타   그래서요?

람보   처음엔 서로 틈틈이 질척거리다가 가끔 둘이 사라

         졌다 나타나곤 했어.

송이   같이 변소에 갔다 오는 것처럼.

김진사   긴 똥을 누는 사이, 그 정도.

         님은 정말 내 스타일이야.

         님은 냄새도 좋을 것 같아. 뭐 써요?

         ……바디피트 피부생각.

         아니, 향수 말야.

람보   한두 달 지났던가? 둘 사이에 처음 까칠이가 있었던

         것 같아.

라바마   흑산 이 친구 오버하기 시작하더라구.

         어젯밤 좋았지?

         왜 이러실까?

         그거 다시 한번 해보자.

라바마   등등…….

니키타   그게 뭔데? 아무것도 아닐 수 있잖아. 그럴 만한 사

         이라고 믿어서 그런 것 아닐까요?

김진사	그래도 여긴 공공성을 중시하는 공공의 공간인데.
송이	그리고 흑산, 자꾸 여기서 냄새를 피우고…….
니키타	무슨 냄새?
송이	왜 이런 데서 정치 얘기 하면 좀 그렇잖아요.
라바마	사실 처음 시작한 건 람보였어요.
람보	난 그냥 선거 결과에 대해서만 논한 거지.

거 좀 나이스하게 갑시다, 일베충처럼 굴지들 말고…….

일베충이라니, 무슨 저급한 모함질인가?

15.

신춘수라고, 전설의 춤꾼이 있었어. 당시에 흔치 않은 대학생이었지. 전쟁 후 얘기야. 서양 춤이 들어온 건 미군들을 통해 일부 전용 클럽에서 퍼졌지만 사실 해방 이후에 여러 경로로 들어오게 되지. 상하이류가 있고, 홍콩, 마카오를 중심으로 한 난쭝궈리우, 러시아 하바롭스크, 블라디보스토크를 거쳐 러시아류, 연안 중국공산당엔 연안류라는 게 있었어. 그중에 신춘수는 상하이류의 대가 브루스 왕에게 사사받았다지. 장안의 댄스구락부에 신춘수가 떴다 하면 걸스, 레이디스 난리가 났어. 신기에 가까운 신춘수의 몸놀림을 볼작시면, 등허리 270도 굴절, 점프 뒤 공중 3회전, 파트너 3미터 던져 올리고 받아 안기, 양각 사이 허벅지 돌리기 등등……. 여인들 이 춤꾼이 손 한번 잡을 차례만 기다리고 기다리고……. 그렇게 신춘수, 낮에는 학업에 몰두하고 밤에는 춤에 매진하는 주학야무(晝學夜舞)를 이어가고 있었는데…….

가상의 공간. 인물화된 글들.

김진사	……어느 날, 이렇게 살아서는 안 되겠다, 깨닫고는 구락부 출입을 끊고 여염집 가정교사로 입주했겠다. 거기서 낮에는 아들내미 공부 가르치고 밤에는 주인아주머니 춤 가르치고 그렇게 지냈지. 아, 그런데 주인아저씨가 둘 사이를 오해했던지 신춘수를 잡아넣은 거야. 주인아저씨, 경찰 간부 중에서도 실세였다더구먼. 신춘수, 북에서 지령을 받고 경찰 조직의 안방에 침투한 무도간첩단의 일원이라 밝혀졌다는데, 사실인지 아닌지, 몇 년 살고 다리 절뚝이면서 나왔다지. 그런데 이상한 건 그 주인 내외도 그 후 사라져 종적을 알 수가 없다는 거야.
송이	어디로 갔을까?
김진사	모르지.
라바마	다리는 왜?
김진사	아킬레스건을 썰린 거지. 그 후 신춘수는 현역에서 은퇴하고 교습소를 차려 후진을 양성하면서 소일했다고 하는데, 지금도 제기동 경동시장 근처 슬레트 건물 2층 올라가는 계단 입구에 '신춘수무도의숙'이라고 나무 간판이 걸려 있다는군.
흑산	그놈의 레드콤플렉스가 젊은 예술가를 죽였군. 의도적으로 뒤집어씌운 것 같은데.
람보	그거야 알 수 없지.

흑산	상하이류를 받아들였다면 순수무도를 학습했을 테지.
라바마	그렇지만 브루스 왕의 이동 경로가 중국 본토를 거쳐 북조선을 통과해 대동강을 건너왔다면 그 과정에서 불그죽죽한 사상이 배어들었을지도 모르지.
흑산	무슨……. 춤에 무슨 사상을 비벼 먹나?
김진사	그렇진 않지. 옛글에도 음악이 시끄럽고 춤이 요상하면 나라가 망할 징조요, 소리가 편안하고 움직임이 고요하면 태평한 시대라 하지 않았나?
흑산	다른 옛글을 볼작시면, 소리에는 본시 슬픔과 기쁨이 없는 것이요, 인간이 자기 마음을 그리 실으니 슬프게도 들리고 기쁘게도 들린다 하였소.
라바마	그러니 불온사상을 노래에 심고 춤에 심으면 그것이 사람 마음에서 마음으로 움직이겠지요.
흑산	어쨌거나 그건 종북 딱지 붙이기고, 더군다나 고문까지 했다면서요.
람보	당시는 전쟁 후라 엄혹한 시기이니 그 정도 사회통제야 있을 수 있지.
흑산	송이 님은 어찌 생각하오?
송이	글쎄요…….
흑산	카르멘, 카르멘은 왜 말이 없소? 카르멘은 생각이 트인 여자 아닌가?

카르멘 ······글쎄요.

흑산 진보의 섹시한 향취를 갖고 있는 카르멘은 다를 거라고 보는데.

김진사 자유가 위태로울 때는 자유가 유보될 수 있는 법. 불온하고 의심스러운 사고방식은 제대로 청소를 해줬으니 우리 체제가 여기까지 온 것 아니겠소.

흑산 여기까지? 마치 자유 평등이 만개한 선진국에 사는 것 같구려.

김진사 부족함이 있더라도······.

흑산 카르멘?

카르멘 좀 적당히 해.

흑산 뭐?

카르멘 다들 불편해하잖아.

흑산 내가 뭘? 말도 못 해?

카르멘 그거 독재야, 진보독재.

흑산 옳고 그름의 문제야. 진리는 독재할 수 있어.

카르멘 잘났다.

김진사 세태가 그래. 목소리 크면 이기는 거지.

송이 어이구, 약속이 있는 걸 잊었네. 안뇽, 님들.

라바마 나도 잠깐······.

김진사 에헴!

람보 뭐야, 다 가?

흑산   카르멘, 당신마저…….

카르멘   병신.

16.

가방의 독백.

아아, 결혼이여 결혼이여,

파멸이 가져다준 결혼이여, 결혼이 가져다준 파멸이여,

뼈대 있고 지조 있는 가문의 어린 딸이 비천한 머슴의 땀내 나는

품에 몸을 묻고

그의 새끼를 줄줄이 낳고 살찐 여인으로 살다가

이제 반의반 평 보금자리를 찾았네.

사랑의 이름으로 나를 능멸한 자 지아비로 삼고 살다 다시 근본

을 깨달으니

원수의 관계, 그도 잠깐

이제 팔을 접고 무릎 자르고 몸을 접으니

작은 자리 좁지 않네.

숨이 없으니 편안하네.

원수의 피로한 방랑, 나를 기쁘게 하네.

언젠가 살은 녹고 뼈는 마르고,

원수는 무릎이 꺾이고 얼굴 흙에 묻어 모든 것 끝나겠지만,

그땐 열정도 사라지고 굴욕도 사라지리.

마음도 사라져 편안하리.

부쩍 늙은 남덕술이 가방 옆에 앉아 있다.

17.

가상의 공간. 인물화된 글들.

송이　지난번 한국현대무협사 좋았어요.

라바마　유익했지요.

김진사　그러니까 한국의 모든 무협 세력의 근원을 따져 올라가면 김두한이 나오는군요.

람보　그렇지요. 해방 전후에 걸쳐 조직을 이어온 이는 그가 처음이자 유일하니까요.

흑산　서양 조폭은 그리스 시대에 활짝 피는데 잔혹하기가 그지없지요. 그 뿌리를 따져보면 다 제우스로 가요.

송이　얼마나 잔혹?

흑산　마피아 저리 가란데…….

갠세이　짜잔! 갠세이라 함다.

김진사　반갑습니다.

람보　어서 와요.

송이	방가방가. 한국고고학회 오심을 환영!
라바마	반갑습니다.
흑산	반갑소.
카르멘	오빠, 어서 오이소.
	└오빠?
카르멘	오빠, 나 카르멘, 우리 잘 지내보아요.
김진사	강독합시다.
흑산	아는 사이?
람보	자, 한국현대무협사 제2부를 설해보겠어. 1975년 1월 2일이었지. 명동 사보이호텔 2층 커피숍. 새해를 맞아 무협계의 원로들이 신년모임을 갖고 있었어. 지역을 대표하는 무협의 고수들이 커피나 도라지 위스키를 기울이면서 모임의 좌장인 신 상사를 기다리고 있었지. 신상사파는 5·16 후 박 충무공이 당대 주먹들을 싸그리 베어버리자 무주공산이 된 무협계를 접수, 10년이 넘도록 장기집권 하고 있었지.

해가 중천에서 내리꽂힐 때, 한 젊은 아이가 커피숍으로 들어와. 화살표처럼 생긴 콧날을 앞세우고 머리가 번득 벗겨진 원로 앞으로 가서 고개를 숙여. "성님, 안녕하셨어라? 구두코에 콧물이 흐르네요잉." "어?" 성님이 구두를 보느라 고개를 숙이자, 아이는 니킥으로 성님의 얼굴을 강타. 머리가 뒤로 젖혀지면서 뒤통수

와 등이 부딪치자, 그 소리를 신호로 아이의 아이들이 커피숍으로 난입하는 거야. 그러고는 닥치는 대로 야구방망이를 휘둘러. 이 아이가 광주에서 온 조양은. 이 사건으로 신상사파는 기세가 저물기 시작하고 조양은이 무협계의 신흥 강자로 떠오르지.

람보   한편 광주에서는 고딩 때부터 양은이와 맞짱을 뜨던 김태촌이 있었지. 태촌이는 양은이가 서울 가서 한 방에 떴다는 소식을 듣자 몸이 쑤셔서 견딜 수가 없었어. 새벽 기차에 올랐지. 그리고 무도한 하극상을 응징하겠다고 양은이와 전쟁을 벌이지. 그리고 또 하나의 광주 주먹 이동재가 아동들을 이끌고 상경해. 이들을 '호남 삼대 훼미리'라고 부르는데, 이때부터 서울의 밤거리에는 이들의 진검이 챙챙거리는 소리가 울려 퍼졌지.

라바마   무엇보다도, 무협사적으로 이들의 공헌은 연장의 자유화였지. 그 전까지 맨주먹으로 붙던 맞짱에서 회칼, 도끼, 낫 등을 자유자재로 휘둘러 맞짱 종목에 자유형을 추가했다는 것이야. 또한 패자에 대한 벌도 손가락 자르기, 아킬레스건 썰기, 눈알 뽑기 등 화려한 기술을 선보이기 시작했지.

흑산   그리스극을 보면 거기도 삼대 패밀리가 있어요. 그중 오이디푸스를 배출한 가문은 아버지를 쳐 죽이

고 어머니와 동침해 동생뻘의 아이들을 낳고, 난리
가 아니에요. 또 오레스테스를 배출한 가문에서는
인육을 먹이는가 하면 마누라가 샛서방을 꼬셔서
남편을 까 죽이고, 아들이 아비의 복수를 한다고 어
미의 배를 쑤시고…….

송이 무셔라……!

김진사 무도한 것들!

갠세이 홍어들 하는 짓이 전통적으로 그렇데이.

흑산 뭣이여?

갠세이 부산 무협계는 다르제. Let me brief about Seven
Stars. 이강환이라는 행님이 있었제. 으리와 덕치로
부산 무협계를 20년 통치하셨데이. 한때 장동건이
같은 애가 엉까기도 했지만 열혈 아우 유오성이가
문질러줬다 아이가. 세븐 스타서, 무협 중의 무협이
고, 강환 행님은 오야붕 중에 오야붕이제.

흑산 거 친일파다. 이강환이 오사카까지 가서 야쿠자랑
손가락 잘라 술에 담가 먹었다. 일본 놈들한테 알아
서 긴 거야.

송이 그래?

김진사 그 또한 무도하도다!

카르멘 뭐, 친선 차원에서 그런 거 아이겠나. 예절과 격조를
취했다꼬 할까.

흑산	뭐야, 카르멘, 갠세이 편드는 거야?
카르멘	편은 무슨 편. 부산 사람들은 다르다는 거제.
흑산	뭐가 달라? 카르멘도 부산이야?
카르멘	뭐 알면서……. 흑산은 전라도 말 왜 안 써?
흑산	카르멘!

         └흑산도 홍어 냄새가 여기까지 나는데.

            └썡년이.

               └븅신 새끼!

라바마	고만하지.
김진사	고만해라. 텍스트로 돌아갑시다.
람보	이러다 진짜 무협 나오겠다.
흑산	갠세이, 어디서 나타나 갠세이를……!
카르멘	와 그라노? 점잖게 설하는 사람을.
김진사	우리 모두 환영했잖소.
라바마	그래요, 학식도 넓고…….
갠세이	마, 부끄럽습니데이.
송이	너무 마음 쓰지 마세요.
카르멘	겸손하시네예.
라바마	갱상도 사나가 본시 그렇다.
송이	하모!
람보	나라를 경영하는 고장 아인교.
김진사	양반들이제.

카르멘	머라도 것들 같을라꼬.
흑산	뭐야, 당신들 다 경상도야?
카르멘	몰랐나? 내는 니 홍언지 벌써 알고 있었다. 무식하고 속 좁고, 하는 짓이 그렇드라.
흑산	니가 나한테 이럴 수 있어? 가만 안 둬버린다!
김진사	거, 험하다.
송이	험한 데라 안 했능교.
람보	깡팬가 비다.
라바마	이 사이트도 끝이데이.
갠세이	오자마자예? 갠세이 하자마자예?
흑산	다 가부러!
모두	니가 나가그레이!

18.

작은 오피스텔 방.

흑산이 노트북을 연다. 책상 옆에 커다란 여행용 가방이 서 있다.

갠세이? 흑산이 부산에 왔어요. 우리 동네까지 왔어요. 우리 동
네 지구대 앞에서 사진을 찍어 보냈어요.

그거 합성한 것일 수도 있어요.

그럴까요?

그냥 무시해요.

우리 동네 마트 앞에서 〈부산 갈매기〉를 불러요.

징그러운 놈. 얼굴 팔리는 짓을 하는 걸 보니 험한 짓은 안 하겠
네.

그렇담 안심이지만…….

네, 안심하세요.

그리 갈게요. 기다려요.

카르멘 결국은 여기까지 찾아왔구나. 너의 비열함을 이렇게
까지 증명할 줄이야⋯⋯.

흑산 네가 나를 부른 거지. 네 냄새의 끝자락을 잡고 물
어물어 왔지. 알고 싶어라 그대의 속살, 찾고 싶어
라 그대의 감춰진 그곳. I want your IDs, I want
your IPs. It's Hecker's dream! Hecker's desire!

카르멘 널 고소했어. 조만간 사이버수사대가 너를 찾아갈
거야. 뻬뽀 뻬뽀 뻬뽀⋯⋯.

흑산 뻬뽀뻬뽀 소리만 들려봐. 너의 모든 것을 국민과 함
께 즐길 거야. 민주적으로 나눠 먹을 거야.

카르멘 그럴 시간이 있을까? 바로 네 뒤통수 뒤에 와 있을
텐데. 이제 네 인생은 끝났어. 기분 좋다. 기소당하고
전과자 되고 빨간 줄 그어지고⋯⋯. 짜릿짜릿하네,
아주, 놈현 운지보다 더 좋당께.

흑산 부산 갈보 년!

카르멘 니가 몇 년간 방구석에서 한 짓이라는 게 대가리 텅
빈 바보라는 걸 증명하는 것이었단다!

흑산 은둔형 갈보 년! 냄새나는 년! 히키코모리 년 곰팡이
말리러 외출하시네, 히키코모리 년 거미줄 떨러 바람
쐬시네⋯⋯.

카르멘   홍어 좆도 못 본 놈!

흑산이 여행용 가방을 연다. 칼과 밧줄, 비닐 등을 꺼내 본다.

겐세이, 어디 갔어요?

미워요. 연락도 안 해주시구. 그리 갈게요.

기다릴게요. 먼저 가 있을게요.

흑산   개, 갠세이하고 이바구를 하고 나면 외출⋯⋯!

19.

어딘지 알 수 없는 곳. 벤치 하나가 있다고 하자.

카르멘과 흑산이 조금 떨어진 채 말없이 앉아 있다. 한동안 깊은 생각
에 잠겨 있던 두 사람, 마주 보며 서로를 응시한다.

흑산   …….

카르멘   …….

흑산   …….

카르멘   ……?

흑산   ……ㅈ ㅈ, 저…….

카르멘   네?

흑산   누, 누, 누굴…….

카르멘   뭐요?

흑산   누, 누, 누굴…… 마마, 마…….

카르멘   뭐야?

흑산   마마마마, 마……?

카르멘	누굴 만나든?
흑산	…….
카르멘	…….
흑산	……개, 개…….
카르멘	……?
흑산	……개 개, 갠세이…… 마, 만나러……?
카르멘	……!
흑산	카, 카…….
카르멘	……?
흑산	……카르멘?
카르멘	……흑……산?
흑산	……이, 이 순간만을 기 기, 기다려왔는데, 기다리다 보니 만나게 되는군. 마마, 막상 이 순간을 맞으니 열혈 응징의 불꽃이 타오른다 할까, 필살 뒤에 남을 연민에 사막처럼 가슴이 말라 쪼개지는 듯하다 할 까, 마는 이제 무슨 말이 필요하리!

흑산, 품에서 칼을 꺼내 카르멘을 무수히 찌른다.

카르멘	어억……! 그 긴 열망과 환멸을 돌고 돌아 온 끝이 칼빵이라니!

카르멘, 피를 철철 흘리며 쓰러진다.

20.
정치극—
가방과 흑산의
판타지

알 수 없는 곳.

한쪽 옆에 커다란 여행용 가방이 서 있고 그 반대편에 흑산이 웅크리고 있다. 가방 또한 생각에 잠긴 듯 간헐적으로 꿈틀거린다. 그 가방과 흑산 사이에서 니키타와 갠세이가 으르릉거리며 격투를 벌인다. 여러 번의 가격과 여러 합의 챙챙이 끝에 둘은 지쳐 떨어진다. 둘 다 이미 심각한 부상을 입었다.

갠세이	잠깐. 잠깐…… 잠깐 칼을 내리고 생각 좀 해보자. 우리가 어떻게 하다 싸우게 됐지? 니키타라고 했나?
니키타	지금은 카산드라.
갠세이	그렇지. 나는 이끼.

니키타	내가 이곳으로 온 것은 그놈의 전쟁 때문.
갠세이	나도 전쟁 때문. 전쟁 덕분이랄까.
니키타	그년 때문.
갠세이	그놈 때문. (사이) 대단한 전쟁이었지.
니키타	발단은 광주 신양파크나이트에서였다지.
갠세이	신양파크나이트는 광주의 명문 훼미리 형제파의 본 거지. 때는 마침 둘째 보스 매부리 형님의 생일이라 나이트 메인 룸에서 조촐한 파티가 열렸겠다. 그런 데 한창 흥이 무르익을 무렵 미끌미끌하게 생긴 놈이 룸으로 들어오는 거야. 척 인사하길, 나는 부산에서 온 동팔이라는 건달인데 지나다 소문을 듣고 생일 축하 노래를 불러드리러 왔노라, 그래. 그래서 거 기특하다, 한 곡 해봐라 했더니, 이놈, 술을 한 잔씩 올리겠대. 그러고는 요란한 손동작으로 형님들한테 한 잔씩 올리고 마이크를 잡았겠다. "갱상도와 졸라도를 가로지르는……". 그런데 이놈 노래를 부르면서 둘째 형님의 깔치 엘레나를 흘끔흘끔 쳐다봐. 노래하는 중에 매부리 형님, 큰형님 아가리, 다른 형님들 하나둘 아랫배를 문지르면서 화장실을 찾겠다. 그런데 이놈, 노래가 끝나기도 전에, 형님들 세정하고 바지 올리기도 전에 엘레나를 업고 사라지더라는 것이지. 뒤에 알고 보니 동팔이 이놈, 부산을 잡고

있는 프리마파 보스의 작은 프린스였던 것이야. 난리가 났지.

니키타　이쪽 패밀리에서도 난리가 났지. 남의 깔치는 왜 업어 왔노. 상도덕에 어긋나는 짓이니 돌려보내그레이. 그런데 작은오빠—사실 내가 그 패밀리 프린세스였어—내 평생 첫눈에 반한 여자, 이 여자뿐이다. 못 돌려보낸다. 그러니 우째.

갠세이　큰형님 아가리가 전쟁을 선포했어. 호남연합군을 결성하자고 격문을 돌렸지. 광주를 나누어 경영하는 금남로파에서 아우들 스물세 명이 쇠파이프, 야구방망이, 대못 찌른 각구목으로 무장하고 달려왔어. 충장로파에서는 아우들 열아홉이 전원 사시미로 무장하고 왔어. 여수 백여우파에서 동생누이연합군으로 스물두 명이 사시미, 면도칼로 무장하고 왔어. 순천에선 박노식파 스무 명이 사시미, 쇠파이프, 야구방망이로 무장하고 왔어. 목포를 대표해서는 눈물파 삼십칠 명이 사시미, 야구방망이, 쌍절곤으로 무장하고 왔지. 멀리 전주에서 전주이씨파 삼십이 명이, 익산에서는 신이리배차장파 스물두 명이, 군산에서는 군산상고파 스물다섯 명이, 남원에서는 변학도파 열다섯 명……. 이렇게 모여서는 아가리 형님을 총보스로 형제의 맹약을 하고 차에 올라타는데, 검은 그랜저 열한 대에 검은 에쿠스 열두 대, 흰색 에쿠스 두 대, 다이너스티 석 대에 벤츠 두 대, 아우디 두 대, 베엠베 한 대, 구형 각 그랜저 한 대, 카니발 아홉 대에 스타렉스 석 대, 봉고 두 대가 부산을 향해 출발하겠다.

니키타 첩보를 입수한 부산에서도 각지에 지원군을 불렀지. 서면에서 서면파 삼십이 명이 왔어. 사시미에 쇠도끼에, 쇠사슬로 무장했지. 해운대 상어파가 사시미에 야구방망이에 각구목으로 무장하고 이십이 명 왔어. 양산에서 통도사파가 십칠 명, 김해에서 친노파 이십칠 명, 마산에서 YS파 십구 명, 창원에서 신창원파 십오 명, 충무 김밥파가 이십사 명, 진해 마도로스파가 십사 명, 진주 논개파 누이들 아홉 명, 울산 몽몽파가 삼십일 명이 도착했고……. 대구, 포항, 경주, 상주, 김천, 안동에도 원군을 요청했는데, "우리가 남이가?" 남이래. 이렇게 전쟁이 벌어졌는데…….

갠세이 대단한 전쟁이었지.

니키타 3박 4일 동안 전투가 벌어졌지. 먼저 프리마파의 본산 백악관캬바나이트에서 시작해서, 폴리스가 치면 흩어졌다 다시 모여서 붙는 식으로, 금정산 계곡, 다대포 해변, 그리고 영도, 폐업 중인 한진중공업 조선소에서 전쟁을 이어갔지.

니키타과 갠세이가 격투를 벌인다. 여러 번의 가격과 여러 합의 쟁챙이 끝에 둘은 지쳐 떨어진다. 둘 다 심각한 부상을 더한다.

갠세이　　　최후의 타블로는 고공 크레인에서의 원타치였어. 매부리 형님하고 동팔이가 75미터 상공의 크레인에서 최후의 대결을 벌였지. 쟁챙이가 수없이 이어지고, 한 20분이나 지났을까, 상공에서 뭉툭하고 거무튀튀하고 짤막한 게 슈웅 떨어졌어. 크레인에서는 동팔이가 가랑이 사이에 두 손을 넣고 울부짖고 있었지. 핏방울이 마른하늘에 성긴 빗방울 긋듯 툭 툭 떨어지고…….

니키타　　　그렇게 해서 전쟁은 끝났어. 적의 총수 아가리가 나를 찍었어. 나를 데려가면 당신이 죽어, 예언을 했지만 나를 차에 태우더라. 고속도로 마다하고 일부러 지방 국도에 지리산 길을 타면서 뒷좌석에서 나를 눌렀어. 운전을 하는 똘마니 새끼 연신 백미러를 흘긋거리면서 "성님, 좋으시죠?" "성님, 힘도 좋으시네요잉!" 해쌓고……. 7일 뒤 광주 신양파크에 도착하니 아가리의 깔치 클라라가 우리를 맞는데, 할머님이데.

갠세이　　　뭘, 그 정도면 아직…….

니키타　　　내실로 들어가니 궁전처럼 으리으리하데. 아, 그런데 뭔가 음습한 냄새. 남편이 집을 비운 지 오래됐는데 아직 생생하게 남아 있는 교합의 냄새. 그리고 구석구석 어둠 속에서 꿈틀거리는 작은 팔다리들, 아이들의 울음소리……. 여기 몇 대의 조상들로부터 쌓아온 복수와 원한의 살기가 서려 있구나. 할머님이 남편에게 목욕을 권하더군. "피 맛 좀 보셨으니 푹 담그셔요잉." 그러더니 나를 보고 그래. "같이 들어가 등이라도 밀어드리지그래, 동샹." 그 여자 눈빛을 보니 사지가 떨리더군. 이 여자 질투를 가장해 오랫동안 벼르던 짓을 하려는구나. 그러나 머지않아 어미를 죽이고 아비 원수를 갚는 자식이 올 것이다. 수증기 자욱한 욕탕에서 노곤한 몸을 뒤로 기울이고 있을 때, 뿌연 증기 속을 번득이며 다가온 두 개의 도끼날. 클라라의 도끼는 남편 아가리의 두개골을 내리치고…… 내 어깨를 찍은 것은 바로…… 너!

갠세이   깜짝이야!

니키타가 갠세이를 공격한다. 갠세이, 맞붙어 싸운다. 여러 번의 가격과 여러 합의 쟁쟁이 끝에 둘은 지쳐 떨어진다. 둘 다 몹시, 매우 심각한 상태.

니키타   그렇게 나 카산드라는 타향의 지하 욕탕에서 죽었지.

갠세이　너는 카산드라가 아니야. 나는 이끼가 아니고.

니키타　그래, 원래는 니키타도 아니지. 너도 갠세이가 아니
고.

갠세이　그렇더라도, 계속하자면, 나 이끼하고 아가리는 사
촌 간이었지. 형제파의 전신 호남무도회를 세운 것
은 할아버지 피칠갑 큰형님. 그분은 두 아들을 두셨
는데, 나의 아버지 트위스트와 큰아비 트로트. 할아
버지는 은퇴하시면서 두 아들에게 우애를 버리지 말
고 조직을 공동으로 이끌어가라 하셨지. 그런데 할
아버지가 돌아가시자마자 트로트는 조직을 장악하
고 아버지를 내쫓아. 그러자 아버지는 뒷문을 열고
뒷계단을 내려와 뒷방에서 트로트의 처 애리수의 뒤
를 눌러주었지. 틈틈이 그랬지. 어느 날 트로트가 아
버지 트위스트를 저녁 식사에 초대하는 거야. "조카
들도 데꼬 오게잉." 아우네가 도착하자 트로트는 진
한 포옹으로 맞았어. 아이들을 내보내고 둘은 지나
간 얘기를 길게 하며 손을 맞잡고 눈물을 흘렸지.
"성님!" "동상!" 이윽고 저녁때가 되어 식사를 가져
왔어. "뭐가 이리 푸짐허고 냄새가 좋습니까, 성님?"
"우족하고 양족이라네. 많이 드시게." 한참을 먹다
가 뭔가 이상해 입안에 씹던 것을 꺼내 보니, 엄지발

가락? 아침에 직접 매니큐어를 발라줬던 맏딸 민지의 엄지발가락! 트위스트는 비명을 지르고 토하면서 소리쳤어. "내 꼭, 꼬옥 너희를 멸하고야 말 것이여!" 겨우 도망친 아버지는 하나 남은 막내딸 미니를 품어서 나를 낳았지. 나는 아버지로부터 꼬옥 복수를 하라는 주입식 집중교육을 받으며 자랐어. 아버지가 돌아가시자 나는 청령포의 단종대왕처럼 외로웠지. 어느 날 클라라에게서 전갈이 왔어. 아가리와 매부리 모두 부산으로 전쟁하러 떠났다. 아마 살아 돌아오긴 힘들 거다. 신양파크로 와라. 갔지. 먼저 형수가 몸을 녹여주더군. 아아, 궁궐은 넓은데 사람이 없구나. 나는 트로트의 자식들을 멸하고 트위스트파를 건설해야겠다고 마음먹었어. 클라라가 조직을 공동으로 끌어가자고 하더군. 클라라는 아가리에게 원한이 있었어. 전쟁을 떠나기 전 지원군을 요청하느라 열일곱 살 딸내미 아이비를 조직의 보스들에게 돌렸던 것이야. "그 어리고 순결한 것을!"

니키타　　알 수 있어, 그 마음!

갠세이　　일을 치르고 얼마 후 서울에서 대학 다니던 아들 오렌지가 내려왔어. 나는 한 방에 나가떨어졌어. 이윽고 오렌지가 어미 앞에 딱 서서 칼을 겨눠. "사랑의 이름으로 야망을 숨기고, 야망의 이름으로 원한을

숨기고, 천한 손으로 우리 훼미리를, 대대손손 지켜
온 가문을 뽀사뿔고 창창한 나의 앞날을 해체시킨
어머니!" "네가, 나한테, 이럴 수가!" "당신을 죽여 뼈
를 뽀수고 살을 썰어 조각조각 내서 조상님들 무덤
에 뿌릴 것잉게!" "내가 낳고 기른 것이 독사였다니!"

갠세이의 마지막 일격. 니키타가 손목을 잡고 버틴다. 부들부들 손목
이, 도끼날이 떤다.

니키타	우리가 싸울 일이 아닌데…….
갠세이	어차피 내가 내가 아니고, 네가 네가 아닌데…….
니키타	아아, 이 고통을 참을 수 없구나!
갠세이	고통이 고통이 아니라 하더라도 고통스럽다는 말이 고통스럽게 나오는구나. 진정 고통은 없더라도 고통의 느낌은 생생하게 살아 있구나!
니키타	흑산, 흑산……, 나를 지워줘!
갠세이	카르멘, 카르멘, 나를……!

21.
댄스 강습—
브루스 왕과 다 함께
'자이브' 기본동작
해보기

몹시 늙은 브루스 왕이 지켜보는 가운데 모두 춤을 춘다.

몸을 던지지 말고, 마음도 던지지 말고

그저 이렇게……

이것이 하나의 도이니,

무거운 듯 가볍고, 가벼운 듯 무겁고

깊은 듯 얕고, 얕은 듯 깊고

색인 듯 공이고, 공인 듯 색이고……

가까이도 말고, 멀리도 말고……

Just stay away,

Keep your distance……

저기 멀리, 허리가 굽은 남덕술이 가방을 겨우 끌고 간다.

고발자들

― 이 극은 『내부고발자, 그 의로운 도전』(박흥식·이지문·이재일 지음, 한울
아카데미, 2019), 『내부 고발자들, 위험한 폭로』(앤디 그린버그 지음, 권해
정 옮김, 에이콘출판사, 2015) 등 저작과 각종 언론 자료를 참조하고 가
공하여 구성하였다.

― 이 극에는 이상의 「오감도」, 윤동주의 「자화상」 일부가 인용되거나 변
형되어 쓰이고 있다.

― 바탕체로 서술된 부분은 배우에 의해 발화되는 대사이고, 고딕체 부분
은 문자나 영상 등 시각적 기호로 표현된다.

― 이 극에 등장하는 인물과 배우 들의 수는 정해져 있지 않다.

1.

심쿵, 심쿵…… 심쿵, 심쿵……
……심쿵……
심쿵……
……심쿵, 심쿵……

내가 그걸 처음 봤을 때……
심쿵, 심쿵……
심장이 뛰었지.
처음 느낀 가슴 저 안에서의 고동,
이것이 뭘까 싶은,
아련한 두근거림을 단번에 넘어서는,
가슴 한가운데서 덜컹, 하는,
처음이기에 눈앞을 하얗게 때리는, 그렇게 고동치며,
고동치며
심장이 뛰었지.

떨리는 손으로, 묶은 끈을 풀고 그것을 펴 봤을 때,
사장실 문틈으로 흘러나온 그 단어를 처음 들었을 때,
심장이 마구 뛰었다.

예상 밖의 그 숫자가 뜻하는 게 뭔지를 알아챘을 때,
심장이 마구마구 뛰었다.

누가 이걸 보냈을까? 연애편지같이 예쁜 봉투 속에
담겨 있는 악취 나는 이야기, 그걸 읽었을 때,
누가 이걸 내 책상에 올려놨을까…….

말로만 듣던 그 소문, 그 풍문이 갑자기 켜진 화면
처럼 내 눈앞에서 펼쳐졌을 때,

방을 나서는 수험생들의 알 수 없는 수군거림과 핏
발 선 눈빛이 무엇 때문이었는지 마침내 알았을 때,
존경하는 선생님에 대한 마음이 실망을 넘어 원한의
경계에 다다른 그 순간, 내 심장은 아프도록 뛰었다.

마치 필생의 인연이 될 팜파탈을 만난 것처럼, 아름
다운 악녀가 보내는 미소를 본 순간……
전생의 원수와 마주한 걸 예감할 때처럼……
호랑이 꼬리를 밟았다는 느낌이랄까.

지워질 수 없는 아픔, 첫사랑을 10년 만에 마주친
느낌? 아냐, 그 정도하곤 달라.

김이 모락모락 나는 탕 안에서 용 문신을 한 깍두기

하고 딱 눈이 마주쳤을 때 기분? 아니, 그것도 아니다.

철책선을 따라 걷다, 뭔가를 밟았는데, 이게 지뢰인지 아닌지…… 그런 것처럼…….

이걸 어쩌나, 내가 이걸 어떻게, 어떻게 하라고…….

피가 끓어올랐어. 내 인생에 결정적 순간이 다가왔구나. 어쩌면 내 앞날에 상상치 못했던 예리한 비극이 기다리고 있을지도 모르겠구나.

……뭐 그런 것들처럼.

처음엔 농담인 줄 알았지.

장난으로 만든 건 줄 알았어.

아니겠지, 실수였겠지, 어쩌다였겠지, 했는데…….

그냥 지나칠걸.

그냥 쓰레기통에 집어넣을걸.

딜리트, 그냥 삭제하고 말걸…….

이게 왜 하필 내 눈에 띄었을까.

아, 보지 말걸.

감은 눈을 뜨지 말걸.

아아, 내 눈을 찌르고 싶다.

감각과 기억을 가진 이 머리를 날려버리고 싶다.

이곳에서 저곳으로, 어딘가 알 수 없는 곳으로, 그냥
사라지고 싶다.

쿵쾅, 쿵쾅…… 쿵쾅, 쿵쾅, 쿵쾅!
가슴이 뛴다.
아프다.
가렵다.
쓰리다.
어지럽다.
답답하다.
숨이 막힌다.
어우, 정말 미치겠다!

그렇다면……
에잇, 말자!
그만두자.
아니야.
난 아니야. 내가 할 일은 아니야.
나는 안 본 거야. 잘못 본 거다.
그만…… 그만 생각하고…….
다 때가 있을 거야.

하아…….

흐음……!

휴우……!

2.

혹시……

혹시 누군가 알고 있을까. 나 말고 또 누가 알고 있
을까?

이걸 누구한테 알려야 하나.

누구한테 말하지?

팀장은 알고 있을까?

김 선생은 알고 있을까?

사단장은 알고 있을까? 중대장은?

감사관에게 알려야 할까?

미스 박은 알겠지?

까놓고 노조에서 의논해야 하는 거 아냐.

이사님한테 말해야겠다. 아니, 사장님한테 직접 보고
할까.

봤어?

뭘?

그거.

……그거라니?

그거.

……?

……봤지.

알아?

뭘?

그거.

……알지.

무슨 얘긴데?

…….

그게, 정말이야?

언제부터?

……꽤 됐어.

그런데 왜?

뭘 어쩌겠어.

그럴 수 있는 거야?

설마 했지.

그렇다면…… 어떻게 해야 하는 거 아니야?

어떻게?

어떻게 하지?

글쎄…… 어떻게 하지?

문서세단기에 넣기 전에 무심코, 왠지 이상해서, 아니 그냥 무심코, 아니 뭔가 짚이는 게 있어서, 아니, 정말 아무 생각 없이, 서류를 펼쳐 보았다. 여기 적힌 이사님의 메모와 계좌번호가 뜻하는 건 뭘까?

잘못 날아온 이메일. 실수였겠지만, 거기, 우리 연구실장이 국가기밀 사항을 사기업에 지속적으로 제공해왔다는 사실. 왜일까? 대가가 있었겠지. 메일을 삭제해달라는 실장의 부탁……. 어쩔까?

어쩔까? 부풀린 체육관 공사비, 현장체험 학습비, 컴퓨터 학습시설 개선비, 급식자재 구입비 리베이트, 이게 어디로 갔을까? 교장한테? 이사장한테? 아니, 그냥 행정실장 개인의 문제겠지?

어쩔까? 옷 벗고 나가버릴 수도 없고, 저걸 그냥 지켜보고 있을 수도 없고……. 여기, 개인 회사도 아니고, 내가 왜, 나는 그저 나랏일을 하는 평범한 공직자이고 싶은데……?

그냥 넘겨버리고 잠잘 수 있을까, 먹을 수 있을까, 살 수 있을까? 다른 사람도 아니고 잘못된 것을 감사하는 내가, 감사를 제대로 감사하지 못하는 감사를 그냥 보고 지나가야 하나? 아, 미치겠다!

그냥 참고 지내려 했는데요, 더 이상 채플 시간에 들어갈 수가 없어요. 선생님은 기독교인이시죠? 저는 아니거든요. 그런데 제가 왜 거기 앉아 있어야 하나요. 채플 시간에 안 들어갈 자유가 있어야 하는 거 아닌가요?
네 말이 옳다.

나 7급 공무원입니다. 100 대 1, 경쟁 뚫고 여기 들어왔습니다. 애국하려고요. 국가에 헌신할 각오가 돼 있었습니다. 그렇지만 멀쩡한 시민의 뒤를 캐고, 댓글 달고, 협박 전화 하고, 그러려고 들어온 건 아닙니다.
협박은 무슨······.

벌써 몇 번쨉니까. 왜 삼성의 스만 나오면 쓱, 가위질입니까? 부장, 차라리 보도지침을 주세요. 그럼 나 가지도 않을 기사 쓰느라 헛고생은 안 할 거 아닙니까.
보도지침은 무슨······.

꼭 문서로 돼야 보도지침입니까?

나도 고발한다. 고발할까? 학술진흥재단에서 연구비 받아 지들끼리 나눠 먹은 저 교수님들. 학교 홈페이지에 올릴까? 혼자 할까? 총학생회랑 같이 할까? 비정규직교수노조랑 할까? 내 스승인데⋯⋯. 어쨌거나 다시는 이 학교에서는 강의를 못 하겠지.

여기 이렇게 폐기 대장에 적힌 것들이 수혈용으로 나갔어. 알고 있었어? 그거 다 감염된 혈액들이야. 다들 정신 나갔어. 이거 어떻게 할 거야? 이걸로 수혈받은 환자들한테 문제 생기면 어떡할 거야!

얼차려도 참았어. 발길질도 참았어. 이제 못 참아, 씨발. 다 까발리고 영창 갈 거야. 상벌 차별, 진급 차별, 근무 차별 다 참았어. 그래도 씨발, 총은 제대로 된 걸 줘야 할 거 아니야!

목사님이 그러실 줄 몰랐어요. 목사님은 제게 아버지고, 스승이고, 하느님이었어요. 그런데 말씀하고 행동이 달라요. 세상의 나쁜 사람들하고 똑같아요. 이젠 알았어요. 그 입에서 나오는 소리는 다 거짓말이에요.

말해봐. 이 무릎하고 허벅지 멍든 거 어떻게 된 거야. 선생님한테만 말해. 선생님만 알고 있을게. 누가 이 랬어……. 선생님 다 봤어……. 원장님이지? ……너 말고 또 누가 있어?

이런 거 저런 거, 딴 걸로 이상하게 굴 때 그냥 참았 으예. 여혐의 시대거니 그냥 참았다고. 하지만 이젠 못 참아. 치사하게 먹는 것 갖고 차별하면 내 못 참 아. 그냥 안 있을 기야. 다 터뜨릴 기야!

공시가보다 높게 구입한 물품들이 왜 이렇게 많을 까? 그리고 이 품목은 합계 3천만 원이 넘는데 왜 수의계약 품목으로 분류된 거지? 왜 공개 입찰을 안 했을까? 실수였나? 대체 무슨 실수가 이렇게 많지?

면접장 들어가기 전에 학과장님이 쪽지 줬죠? 다 봤 어요. 나한테도 줬는걸요. '유니폼 입고 쿵쿵거리는 애, 금메달 들고 와 눈 꿈쩍이는 애'라고 써 있었죠? 걔들 눈여겨보라고. 빨리 본 다음 쪽지 찢어 버리라 고 그랬죠? 멀쩡히 실력 있는 애들이 왜 눈물을 흘

려야 해요. 왜 인생의 사다리를 뺏겨야 해요? 이 학
교 몇 년째 이래요.

너무한 거 아니야?

너무하지.

이게 뭐야, 여기 이런 조직이었어?

이건 범죄야.

명백하게.

어떻게 해야 하는 거 아냐?

……뭘 ……어떻게?

가만히 있을 수만은 없잖아.

난 모르겠는데.

가만히 있을 수 없지.

어떻게 해?

나랑 같이할래?

할 수 있을까?

같이 할게.

난 자기 믿어. 자기 편이야.

함께할 거야?

……뭘?

그래…… 한번…….

질의서나 항의서, 공개 편지 이런 걸 보낼까?

……글쎄.

연명으로.

내 이름은 빼줘.

가만있으면 다 비슷한 사람 되는 거야. 똑같은 사람 되는 거야.

그 선배 나랑 같은 대학교, 같은 과 선배야. 나 그렇게 못 해.

따져보기라도 해야지. "그러면 안 되는 거 아닙니까!"

모기한테 물린다고 빈혈 오겠어?

사내 게시판 있잖아. 거기 '나도 한마디'에 올려야겠어.

……해보든가.

차라리 사장실로 직접 갈까.

너 미쳤어?

같이 들어갈래?

어어, 갑자기 배가…….

먼저 미스 박을 조져봐야겠어.

나는 사장실 문을 두드리기 위해 둘째 손가락과 셋째 손가락을 구부려 세웠다. 똑 똑. "들어오세요." 문을 열자 하얀 얼굴 붉은 입술, 여비서가 눈을 동그

랗게 뜨고 미소를 지었다.

심쿵, 심쿵…….

그때 문득, 아내와 아들의 얼굴이 눈앞에 클로즈업 되는 거야.

쿵쾅, 쿵쾅, 가슴이 두방망이질 친다.

내가 감당할 수 있을까. 아내가 임신 중인데…….

내달이면 승진 발표가 있는데…….

가만두지 않을 거야.

잘릴 수도 있어.

아니, 결국은 잘릴 거야.

어머니 2, 3년은 더 사실 거야. 요양병원 비용 어떻게 하나……. 다시 집으로 모셔 와야 할까? 집사람 미쳐버릴 거야.

그 개새끼가 꺾이는 걸 꼭 봐야만 하는데…… 꼭…….

미치겠다.

죽겠다.

심장이 터질 것 같다!

…….

비참하다.

비참하지만…….

에잇, 말자.

그만두자. 내가 할 일은 아니야.

나 혼자 할 수는 없잖아.

다 때가 있을 거야.

좋은 기회가 있을 거야.

더 크고 확실한 증거를 잡아서…….

꼭, 꼭, 내가 한번 터뜨린다!

3.

난 결심했어!

밖에 대고 터뜨리기 전에…… 먼저 안에서 조용히 해결해보자구.

내 걱정은 말아요. 난 당신 믿어요. 난 언제든 사랑해요.

강 과장, 자랑스러워. 내가 받쳐줄게.

비밀은 꼭 지켜주세요.

조심해. 어쨌든 우리 연구소 안에서 해결해야 해.

반발하지 않게, 완곡하게…… 모두를 생각해서…….

……알겠죠?

행정실장님께. 지난번 체육관 공사비가 실제 액수와 다르다는 것, 공지의 사실임을 아시리라 믿습니다. 또한 작년 한 해 동안 가짜 동창회비 징수, 체육복 불법 판매, 기간제 교사 허위 등록으로 교육청 보조금 챙기기, 교무실 집기 구입비 부풀리기 등으로 막대한 부당수익이 있었던 걸로 알고 있습니다. 물론 저는 이

수익을 실장님 개인이 취했으리라고는 생각하지 않습니다…….

미스 박, 나 좀 봐봐. 버스 현금승차비, 그거 빼돌리
고 시에는 적자 난 걸로 축소보고 했지. 사장님이 시
켰지? 시 적자보전금, 그거 다 세금에서 나온 거여.
사장님이 시키니 어쩔 수 없었다는 거 알어. 그러니
께 사실이 사실이라고만 말혀. 미스 박한테는 죄 안
물어. 뭐라 안 할 텐게 자료만 넘겨. 아니, 숫자만 적
어줘. 누구도 안 다치게 할 텐게.

나는 기관 내부 누리집 게시판에 글을 올렸다—사랑
하는 동료 직원 여러분. 근래 우리 개발원 일부 간부들에 의해
자행되는 광범위한 비리를 더 이상 묵과할 수 없어 감히 말씀 올
립니다. 이미 아실 만한 분들은 다 알고 계시다시피, 최근 비공
식적으로 확인된 내용만 하더라도, 업무추진비의 과도한 집행,
부적절한 종교기관 후원, 우회적인 정치 헌금, 사사로운 출장비
사용 및 공식 출장에 가족 동반 등 공직자로서 부끄러운 일들을
일일이 나열하기 힘들 정도입니다…….

농원장님, 지난번 구제역 난리 났을 때 말유. 우리
농장에서 살처분한 돼지가 4,400두 아니었슈. 그란
디 군청에 낸 보상금 신청서류 보니께 7,700두로 돼

있드만유. 아니, 밤새 돼지 3,300마리 어서 데리구
와 추가로 묻은 거 지는 몰랐네유. 그런디 3년 전에
두 9,200마리 묻고는 15,300마리 묻었다구 했다가,
지가 뭐라 뭐라 그라니께 다시 지대루 적었쥬. 그때
도 돼지들 무게하고 나이는 속여 적은 거 지가 알아
유. 이번에는 어림없슈…….

김 선생, 알고 있었어?
……사실 저 직접 봤어요. 효신이가 원장실에서 울
면서 나오는 거.
그게 언제야. 저번 토요일?
그냥 야단을 맞았거니……. 그때 붙잡고 물어봤어
야 했는데. 효신이 걸음걸이가 이상했거든요.
효신이뿐만이 아니야. 최소한 서너 명은 더 돼.
이게 언제부터 있었던 일이에요?
꽤 됐을 거야.
지금 무슨 얘기 하세요?
아녜요, 남 선생님. 그냥 우리끼리…….
그거 한 10년 가까이 될 겁니다.
남 선생님 알고 있었어요?
…….
어떻게 해야 하는 거 아니에요?

…….

이렇게 해서 입은 군 내의 손실은 수억 원에 이릅니다. 그런데 헌병대는 '불법 사실 확인 불가능'이라며 수사를 종결했습니다. 군에서 물품 구입 시 금액이 3천만 원 이상이면 공개 입찰을 해야 합니다. 그런데 이걸 피하기 위해서 군 내부에서는 1천만 원 단위로 분리 발주해 수의계약을 하라고 명령했습니다. 저는 다시 거부했습니다. 그러자 연말에 근무평점이 최하 등급으로 나왔고, 호봉 승급에서도 6개월간 제외됐습니다. 이제 최종적으로 국방부 검찰단에 보고하고, 요청하는 바입니다…….

좋은 아침! 학생회장입니다. 여러분이 공부하는 이곳, 여기는 우리 학교입니다. 학교에는 교육권이라는 것이 있지요. 그것은 어느 누구에게서 오는 것이 아니고, 가르침을 받는 우리 스스로 가지고 있는 것입니다. 그리고 학교 안에서 그것은 우리에게 교육 방식을 선택할 수 있는 권리로 주어집니다. 그런데 우리는 어떤가요? 그냥 조직의 문화를 인정해버리고, 두발 상태를 규제받고, 교복 입는 것을 강요받습니다. 우리는 매주 수요일마다 한 시간씩 예배를 강요받는 것에 대해서도 생각해보아야 합니다. 그 시간엔 우리에게 선택권이 없습니다. 그렇다면 잘못된 현실입니다. 저는 지금부터 수요예배를 거부합니다.

과장님, 어제 차 경장하고 단속 나갔는데 업소들 다
문 닫혀 있었습니다. 불금인데 말이죠. 정보가 샌 겁
니다. 이게 처음이 아닙니다. 저저번 토요일에도 10시
초저녁인데도 쌩 하더라구요. 과장님 알고 계시죠.
여기 경찰관들 관내 업소들한테 정기적으로 받고 있
는 거요. 그리고 불법 영업 눈감아주고, 단속 정보 빼
돌리고…… 직접 서비스 받을 때도 있고. 알고 계셨
죠? 혹시 과장님도……?

이거 누구 짓이야?
관리자: 비실명으로 실린 제보나 건의는 사실성이나 진정성을
인정할 수 없으며, 반복적으로 계속 실릴 경우 해사 행위로 간주
하여 관계 당국에 신고할 것임을 밝힙니다.
누가 그래, 누가? 허위 사실이면 당신 책임져야 돼!
또 그놈입니다!
거짓말이랍니다. 다 알아봤어요!
뻔한 거짓말을 왜 해?
아니, 식구들끼리 이게 무슨 짓이야?
소문만 믿고, 무책임하게…….
이거 누가 보냈어? 색출해내, 당장!

연병장 집합!

아니, 아니, 전원 내무반에서 대기. 밖으로 나오지 못
하게, 꼼짝들 말라고 해!

전원 내무반 대기!

부서장들 다 들어오라고 해!

아닙니다, 아닙니다. 다 들어오기 전에 서로 확인
을…….

다 대기하고 있으라고 해!

겁대가리 없이…….

이것들을 그냥…… 확!

이거, 안 되는 건가?

되돌릴 수도 없이, 막다른 데까지 온 건가?

한 번 더 생각해봐?

아직은 괜찮아. 아직은 아무도 몰라…….

그러게 내가 뭐랬어. 때가 아니라고 했잖아.

다들 자기 생각만 하잖아.

내가 왜 이 지경까지 몰렸지?

누가 날 이리로 민 건가? 아니잖아!

후…… 후……. 왜 이러지?

아직은…… 준비가 더 필요해.

숨이!

후…… 후…….

4.

비참했어.

나 자신 벌레만 한 존재로 느껴졌지.

그렇지만…… 그렇지만…….

여기서 주저앉을 수는 없어. 두고두고 부끄러울 거
야.

충분히, 충분히 생각했어. 그리고 또 확인했어, 내 마
음.

아아, 비겁해지는 것이 생각보다 쉽지만은 않구나.

이제…… 문을 열고 나가야겠어.

이…… 세상으로!

우선, 자료 확보해. 저들이 먼저 없애버리기 전
에…….

자료 카피해놓고, USB 백업해놓고, 또…… 술 끊고,
담배 끊었어.

생각보다 훨씬 힘들고 위험할 수도 있습니다. 생각

보다 아주 길게 갈 수도 있습니다.

아침 러닝, 주말 등산…… 빼먹지 않습니다.

법적으로야 보호될 수 있다고 합니다. 그렇지만 현실은 다르니까요.

알고 있습니다. 각오하고 있습니다.

조직은 조직이기심이 있고, 조직대로의 방어기제가 있으니까요.

그렇겠지요.

어디 가서 뭘 하더라도 우리 네 식구 못 살겠어요. 용기 내세요. 난 당신이 자랑스러워요.

겁먹지 마. 다 사람 사는 세상이야. 아이들에게 부끄러운 아버지가 되진 말아야지.

두고두고 후회할 거야. 이거 지금 놓으면 두고두고 여기 가슴에 맺힐 거야.

파이팅! 나중에, 증언이 필요하면…… 나를 지명해.

믿어. 나는 사람을 믿어.

의문이 생기거나 판단에 어려움이 있으면 수시로 연락하시고, 찾아오세요. 저도 아직 진행 중이지만, 도움 드릴 말씀은 있을 겁니다.

이렇게 많은 선배님들이 — 제가 해낸다면 말이죠, 해내야겠지요 — 앞서 하신 분들이 이렇게 많이 계셨는지 몰랐습니다.

나는 아무 말씀도 안 드릴 거면서, 시골에 계신 아버지를 뵈러 갔고, 별 의미 없는 일요일 날 아이들과 놀이동산에 가서 해가 지도록 뛰어다녔고, 그날 밤 정성 들여 양치질을 하고서 아내와…… 길고 깊은 키스를 했다.

나는 신문사로 전화를 걸었다.

기자에게 이메일을 보냈다.

증거자료를 가지고 국민권익위원회에 출두하기로 했다.

시민연대에 제보했다. 단체에서 대신 고발하기로 했다.

감사원에 국민감사청구를 하기로 했다.

서초동 서울중앙지방검찰청을 찾아갔다.

함께하는시민 사무실에서 기자회견을 하기로 했다.

나는 익명 뒤에 숨지는 않겠다.

나는 남편이 발표를 하면 동시에 유포할 SNS 네트워크를 준비했다.

공익제보요? 아아, 내부고발요? 여기도 내부고발할 게 하나둘이 아닌데……. 얘기해보시죠. 너무 기대하진 말구요…….

나는 새벽에 돼지 매장지를 파보려다 어우, 냄새가
너무 심해 한참을 토했어. 삽을 집어 던지고 날이 밝
는 대로 군청으로 갔지.

나는 신문사로 전화를 걸려다가 기자에게 메일을
쓰다가 아무래도 직접 찾아가는 게 낫겠다 싶어 집
을 나서다가 마지막으로, 마지막으로 한 번 더 생각
해보기로 했다.

다음 소식입니다. 저희 뉴스투가 지난달 대형 종합
병원에서 수혈을 받고 후천성면역결핍증―에이즈
에 감염된 환자 소식을 전해드린 적이 있었죠. 그런
데 말입니다, 문제의 연원을 따져 조사해보니까 놀
라운 사실이 밝혀졌습니다. 대한적십자사 혈액사업
본부가 에이즈와 B형 간염, C형 간염, 말라리아 바
이러스에 감염된 혈액을 환자 수혈용과 의약품 제조
용으로 공공연하게 유통했다는 겁니다. 그리고, 이
러한 사실이 밝혀지기까지는 무엇보다도 중앙혈액
원 두 직원의 용기 있는 제보와 고발이 가장 중요한
역할을 했다고 합니다.

상무님, 말씀에서 내용은 다 나왔는데요, 이 신문사,
방송사, 통신사 부장들한테…… 이 묵직한 봉투를

푼 사람이 누구란 말입니까. 그것까지 말씀해주셔야

음…… 정확한 폭로, 아니, 양심선언이 되는 것 아니

겠습니까.

……나라니까요.

그럼, 상무님도 조사, 구속, 기소 대상인데요. 상무님

이 법무고문이시니 그건 아실 텐데…….

그렇겠죠.

그럼, 그러니까, 감옥에 가실 생각까지 하고 이걸 내

놓으셨다는 말입니까?

내 이름은 까지 마셔야지.

아하, 그렇군요.

신부님, 마음이 너무 무겁습니다. 오늘 서초동에 갔

다 왔습니다. 목사님을 고발했습니다. 그래도 20년

넘게 저를 인도해주신 목사님이지만, 교회는 성도들

과 함께 세우고 키운 것입니다. 그런데 그걸 요리조

리 돌리고 돌려서 아들 목사한테 넘겼습니다. 양도

세도 안 냈지요. 여신도들에게 몸으로 은혜를 베풀

고, 거시기로 성령을 내린 게 한두 번이 아닙니다. 제

처는 제가 지켰지만요. 그건 반의사불벌이라 제가

어쩔 수 없지만 횡령과 탈세는, 두고 보세요, 제대로

걸릴 겁니다.

그런데 왜 마음이 무거우세요?

그래도 아버지 같은 분이었는데……

이제 성당 열심히 나오세요.

그래요, 사업 허가 뒤 1년 만에 지가가 두 배 이상 상승했고요, 현실그룹은 수십억 시세 차익을 남겼죠. 그래서 제가 현실그룹 콘도사업 부당이득에 관련된 공무원들을 징계하려고 예금계좌 들여다보고 외압에 대해 추적하려는 단계에서 갑자기 이 건을 다른 국으로 이송하라는 지시가 내려온 거예요. 감사원장한테선지 누군지는 모르겠구요. 그러곤 감사가 중단됐죠. 청와대에서 압력이 왔다는 얘기가 있었어요. 감사가 계류된 5국하고 청와대 부속실 사이 어딘가를 찌르면 검정 피가 나오지 않을까요? 일단 고발연대에서 터트리시면 국회도 가만있지는 못할 거고……

저는 지금 이 방송에 출연함으로써 군인복무규율 제17조 1항을 위반하고 있습니다. "군인의 신분으로서 대외활동을 할 때는 관련 절차에 의해 허가를 받아야 한다." 그렇지만 한편으로 해군사관학교 생도 시절 배운 사관생도훈, "귀관이 정의를 행함에 있어

닥쳐오는 고난을 감내할 수 있는가", 이 말의 진짜 의미를 몸소 깨달아가고 있다는 걸 고백합니다. 군 내부의 정화 시스템은 정지됐고, 군수사기관에 다섯 차례, 헌병과 군검찰에 신고하고 고발하면서, 어떤 상관의 말처럼 저는 '미꾸라지 같은 놈'이 되었습니다. 이제 제가 어떻게 온 군대를 흙탕물로 만들었는지를 하나하나 말씀드리겠습니다. 하아, 두렵습니다. 이 시간 이후 일어날 상황이…….

KT 직원들도 출근하면 전화부터 시작합니다. 그렇게 10여 일을 막 해댄 겁니다. 국제전화 001-1588-7715. 뭐 우근민 제주지사, 정운찬 총리, 이명박 대통령까지 전화기를 들었죠. 우리 노조원들은 다 증언할 수 있어요. 아니 그렇다고 특정인 이름을 밝힐 건 없고, 그냥 노조원 일동이라고 해주세요. 그래서 제주도가 세계7대경관에 뽑혔어요. 조사기관이 국제적 공신력을 가진 건 아니랍니다. 뭐, 관광객 유치에 도움이 되긴 하겠죠. 그래요. 제가 이러는 거 국익을 위한 게 아닙니다. 국익에 반하는 거라면 그렇다고 칩시다. 이건 양심을 위한 겁니다. 나는요, 국익보다 우선하는 게 진실이고 양심이라고 생각합니다. 왜, 좀 멋있으면 안 됩니까?

나는 퇴직 사원으로서 우리 회사가 정치적 사안에 휘말려 본연의 사업에 지장을 받는 걸 바라지 않습니다. 회사가 선거에 이렇게 개입한다는 거, 아주 위험해. 후배가 준 자료는 확실해요. 댓글 수가 선거 10일 전쯤부터 급증해서 계속 올라가더니, 문제가 불거지기 3일 전부터 뚝 떨어지지 않습니까. 대북심리사업이 아니라 대국민심리사업을 한 거죠. 이거, 부서하고 담당자 이름은 보안 확실히 해주시고, 서면이나 비공개 질의에서만 쓰세요. 후배 직원? 그건 알려줄 수 없지. 알 필요도 없고. 그걸 제때 확 잡아 뒤집었어야 했는데⋯⋯. 그러니까 야당이 좀 잘하란 말입니다. 비리비리해서는⋯⋯.

아, 그런데 말이에요. 세계7대경관 전화로 몰투표한 거, 이거 그냥 장난이었다 쳐도 돼요. 제주도 행정전화 요금 211억. 뭐, 장난이 좀 험하긴 했지만요. 문제는 애매하게 전화 투표에 참가한 사람들한테 국제전화 요금을 물게 한 것이죠. 그거, 국제전화 아니거든요. KT가 해외전화망 접속 없이 국내전화망 안에서 신호처리 종료하고서 소비자들한테는 국제전화 요금으로 청구한 거라던데요.

상무님, 말씀에서 내용은 다 나왔는데요, 총장에 차장에, 대검 부장들하고 서울중앙지검에…… 이 묵직한 봉투를 푼 사람이 누구란 말입니까. 그것까지 말씀해주셔야 음…… 정확한 폭로, 아니, 양심선언이 되는 것 아니겠습니까.

나라니까요.

그럼, 상무님도 조사, 구속, 기소 대상인데요. 상무님이 법무고문이시니 그건 아실 텐데…….

그렇겠죠.

그럼, 그러니까, 감옥에 가실 생각까지 하고 이걸 내놓으셨다는 말입니까?

…….

아하, 그렇군요. 이거, 뭔가 김용철* 변호사 케이스랑 비슷해지는군요.

내가 박용철이오.

5.

대단해, 대단해!

I love him!

난 걱정되는데……

선배님, 멋져요!

선배, 힘내세요, 우리가 있잖아요!

아빠, 힘내세요, 우리가 있잖아요!

여보, 힘내요. 난 언제나 당신 편이에요.

형님, 파이팅!

개애새끼들!

무섭다, 그리고 코믹하다!

70년대, 80년대면 쥐도 새도 모르게 죽는 건데…….

별들은 썩었어도 밥풀들은 아직 푸들푸들 살아 있구나!

저게 다 국민 세금에서 나온 건데, 도둑놈들!

제일 썩은 놈들이 저놈들이여!

정권 끝물이 가까워오니까 다들 보험 들러 뛰는구나.

그래도 난 이 나라에 희망이 있다고 봐!

고모, 그 교회 아직도 다녀? 그 목사, 그거 하나님의
좋은커녕 인간도 아니야. 고모도 눈이 멀었어! 내가
고모부한테 다 말할 거야!

13인의 도둑이 도로를 질주하오.

길은 막다른 골목이 적당하오.

우물 속에는 달이 밝고 구름이 흐르고 하늘이
펼치고 파아란 바람이 불고 가을이 있습니다.

그리고 한 사나이가 있습니다.

어쩐지 그 사나이가 미워져 돌아갑니다.

도둑이 도둑을 잡겠다 하고, 그 도둑을 또 도둑이
잡겠다 하고…….

돌아가다 생각하니 그 사나이가 가엾어집니다.

도로 가 들여다보니 그 사나이는 그대로 있습니다.

13인의 도둑이 무섭다 하오.

길은 뚫린 골목이라도 적당하오.

다시 그 사나이가 미워져 돌아갑니다.

돌아가다 생각하니 그 사나이가 그리워집니다.

누구야 누구, 어떤 놈이야!

당신이었어?

그동안 제일 잘나간 놈이 누구였어!

내가 너를 어떻게 키웠는데…….

인간도 아니야!

조직 무서운지를 모르는구먼.

그때 붙잡고 얘기를 했어야 했습니다.

안 그래도 국정조사 들어온다고 난린데, 이거 꼭 막
아야 해.

다 들어와. 사장단 소집해!

직무감찰 해서 탈탈 털어봐. 다 파보고 징계 준비해.

당장 보도자료 내고, 언론사 하나씩 맡아서 주물러.
자, 뛰어!

일단 보직해임 하고 대기발령 내.

평소 불평불만이 많고, 특히 보직에 불만이 컸다
고…….

해임해. 아니 파면이야. 이유는…… 뒤져봐! 파봐!

업무상 기밀누설.

국가공무원법 60조. 재직 중은 물론 퇴직 후에도 직무상 알게
된 비밀을 엄수해야 한다.

군인복무규율 25조 4항에 따르면, 군인은 복무와 관련된 고충
사항을 진정, 집단성명 기타 법령이 정하지 않은 방법을 통해 군
외부에 그 해결을 요청해서는 안 된다.

기밀누설 금지, 전직 직원 접촉 금지!

명예훼손!

너 왜 그랬어, 왜? 나한테 먼저 의논이라도 하지.

……죄송합니다.

커버해줄 수가 없잖아. 이제 너 어떡할 거야.

뭐 어떻게든 되겠죠.

밤길 조심해야 할걸…….

밤길 조심하라구?

또 잇몸이 욱신욱신하고 이가 시큰거리는데…….

나도 어쩔 수 없어서, 정말 두고 볼 수가 없어
서…….

처음 게시판에 올렸을 때 좀 움직였으면 나도 이렇
게까지는 하지 않았을 거 아니야.

사람들 나를 보는 눈이, 이렇게 표정 없는 눈은 본
적이 없네.

그땐 밀어준다고 했었잖아!

아, 또 심장이……. 부정맥, 이거 사람 잡네.

언제부터?

6.

누굴까?

누구야, 누구?

난 아니야.

혹시…….

누구?

누구긴 누구야, 당신이지!

……그래, 나야. 내가 그랬어.

미안해. 그냥 조용히 있자.

이대로 그냥? 그리고 또 누구야?

전 구체적인 사실은 모릅니다.

나야 그냥 할 테면 하라고 했지.

내가 뭘 어쩌겠어. 내 사정 잘 알잖아.

그래……. 알아.

야아, 널 줄은 몰랐는데. 너같이 공부 잘하는 범생이
가 그럴 수 있는 거야? 본인이 싫으면 학교를 나가

면 되는 거지, 왜 학교 이미지에 먹칠을 하나!

대체과목이 생겼어요. 처음엔 여섯 명이 들어왔지요. 그런데 한 달이 안 돼 하나둘 빠지더니…….

결국 애 하나 때문에 대체과목 만들고, 애 혼자 듣는 시간 만들고, 애 하나 가르치는 선생 모시고, 애 하나 다루는 서류하고 컴퓨터 시스템 만들고……. 아시겠어요, 어머니!

학교바로세우기기도회 100일째예요. 믿음이 없으면 양심이라도 있어야지.

너 강의석*이 흉내 내니? 그 새끼 또라이야. 종교 수업 거부하더니 걔 군대 거부하고, 전쟁반대 나체 시위한 거 알아? 너도 알몸 퍼포먼스 하고 감옥 갈래?

어머, 교장 선생님!

정 기사님…….

회사가 결국은 지를 찾아내데요.

난 암 말도 안 했어요……. 정말이에요.

버스 안에 설치된 CCTV 다 돌려 보고 알아냈대요.

* 사회운동가이자 영화감독이다. 고등학생 시절 종교 자유 투쟁을 벌였으며, 이후 평화주의를 바탕으로 한 양심적 병역거부 운동으로 세간의 화제를 불러일으켰다.

어차피 나중엔 다 알게 될 걸 어쩌겠어요. 그래서 내가 말했다는 건 아니구요. 난 암 말도 안 했어요. 정말인데…….

누가 뭐래, 미스 박.

계속 엄마를 학교로 부르네요.

아 아, 학생의소리 방송입니다. 저기, 학교가 그렇게 싫으신가요? 나가세요. 전학 가세요.

학교에 상처주지 마세요.

상처주지 마세요. 상처주지 마세요.

학교 이미지가 나빠져서 입학사정관제 같은 데서 불리한 영향 받으면 어떡할 겁니까.

어떡할 거예요. 어떡할 거예요.

전학을 거부했더니 퇴학시키데요. 시험 보는 중에 불러내 제적됐다고……. 퇴학무효 신청, 가처분 신청 내고 단식을 시작했어요. 학교는 계속 다녀요.

회사가 재계약을 안 해요. 근무태도 불량이라나 뭐라나……. 이력서를 들고 버스회사, 택시회사 서른 군데도 넘게 다녔지만, 벌써 그쪽에 소문이 다 퍼졌다고…….

감사원 파면과 함께 소송이 시작됐습니다. 파면무효 청구소송을 냈는데 패소했습니다. 그렇지만 감사원 에서 낸 출판물에 의한 명예훼손은 1, 2심에서 무죄 판결을 받았습니다. 감사원 7급으로 시작해서 20년 만에 5급 승진을 앞두고 있었습니다. 그런데 윗선에 선 자기만 살겠다고 국회에서 위증하고 사건을 날 조, 은폐하고…….

으으…… 속 쓰려. 뜨거운 게 콸콸……!

감사팀에서 알립니다. 청구인인 자재과장은 소청 내용의 입증 사례를 보강하여 재청구하라는 안내를 기일까지 따르지 않았으 므로 청구를 기각합니다.

그게 자재과 김 과장이었어?

음, 혼자 살겠다!

치사하고 비열하다. 제보자 신원을 밝히는 게 어딨 어.

귀사에서 본 해군 군무지원단에 수의계약으로 납품한 물품들을 납품 시점 단가로 다시 견적을 내주시기 바랍니다.

전출되고 첫날 8시에 출근해보니 책상이 없었어요. 책상 하나 의자 하나 갖고 사병하고 같이 쓰라고 하더군요. 매일 출근하면 옥상에 올라 줄담배를 피웠습니다. 하루 세 갑은 기본이었어요.

사람이 좀 모자란 거야. 그러니까 조직에 적응을 못하지.

사관학교 헛나왔어.

점심도 늘 부대 밖 분식집에서 혼자 먹구요, 6시에 퇴근하면 곧장 집 앞에 있는 실내포장마차로 향했습니다. 아직 손님 뜸한 그곳에서 한 시간 동안 소주 세 병을 마시고 나면 머릿속이 좀 풀어지는 것 같았습니다.

당시 수의계약되었다고 주장되는 물건들과 동일한 물건들이 품절돼 비교 견적이 불가능하여 국고 손실을 증명할 수 없음.

개인적인 주장으로 소속기관의 위상을 훼손시켰음. 3개월 정직. 연구수행 제외.

학교 명예를 실추시켰습니다. 파면.

연구수행을 못 하면 인사평가에서 저평가되잖아. 그럼……

근무평점 기준 미달. 파면.

교원소청심의위원회에서 알립니다. 절차상 하자가 있으니 파면을 취소하십시오.

파면을 취소합니다. 취소합니다……만, 비공개 자료를 인터넷에 올렸습니다. 파면.

정신지체아들을 성추행하고 폭행한 원장은 재판에서 징역 13년을 받았습니다. 그리고 전라북도 교육청은 우리 자애원의 특수학교 인가를 취소했습니다. 여기까지는 정당하고 마땅하지요. 그런데 이 일을 세상에 알린 우리 네 명의 교사는 직장을 잃었네요.

당신도 단물 많이 받아먹었잖아. 재벌 구조 속에서 열심히 기름 치는 역할 하다가, 왜, 갑자기 세상이 섭섭해졌어?
무혐의? 그럼 날 고소해. 내가 당신들 명예훼손 했잖아.
…….
난 횡령, 수뢰, 배임 혐의도 있어. 고발해. 고발해서 증명해!
…….
고발 안 해?
…….
반응이 없다. 전혀 상대를 해주지 않는다.
난 죽음을 각오했었는데, 결국 그냥 바보가 돼버렸

어.

김용철도 그랬어.

나는 해군대학 조교로 좌천됐다가 다시 국군체육부
대로 왔습니다. 매일, 하루 종일 운동을 합니다.

선배님께 감사드립니다. 선배님께서는 진정 해군 장교가 가야
할 길을 후배들에게 보여주셨습니다. 장교는 안일한 불의의 길
보다 험난한 정의의 길을 택해야 하며, 그 정의를 택함에 있어서
어떠한 고난도 감수할 수 있어야 한다고 생각합니다. 가장 쉬운
말이지만, 실천하기 가장 어려운 이 일을 소령님께서 실천해주
셨습니다. 소령님! 저는 믿고 있습니다. 이 세상에 어떤 고난과
역경이 있더라도 정의는 반드시 승리할 것이며, 부정과 부패는
반드시 세상에 밝혀질 것입니다. 늘 건강하시고, 근무 잘 하시길
기도드리겠습니다. 그리고 선배님께서 보여주셨던 행동, 끝까지
잊지 않고 가슴에 간직하겠습니다. 필승!

정권이 바뀌어도 우리 조직은 그대로 가. 우리가 충
성하는 것은 정권이 아니라 국가야, 국가. 대한민국
이야.

그렇습니다, 대한민국.

당신은 대한민국의 공적이라는 거야. 이거 어디서
왔어?

공채 27기인데요.

이걸 확! 아…… 혈압 올라!

아, '올해의 양심선언인'으로 선정되셨다구요! 축하
합니다. 그런데요?

'호루라기상'요! 시상식 가신다구요? 조퇴 안 된다
고 했잖아요. 사표 쓰고 가시든가…….

가지 말지요.

아, 그런데 이거……. 경기도 가평지사로 발령이 났
네요.

제 집이 안양입니다.

같은 경기도네요.

당신이 권은희*야? 국회의원 하고 싶어서 그래?

부서 동료들 모두 증인신청 했습니다. 그중 한 명이
라도 사실을 말해주겠죠.

우리 같은 사람 팔자는 알 수가 없어. 충성하면 국
회의원이 될 수도 있고, 삐끗하면 빨간 마티즈에 번
개탄 피워놓고 긴 잠 잘 수도 있고…….

법조인 및 경찰공무원 출신 정치인. 2013년 서울수서경찰서 수사과장으
로 일할 때 김용판 전 서울지방경찰청장의 국가정보원 여론조작 사건 수
사 축소은폐 지시를 폭로하고 사표를 제출했다.

병가요? 아 이거, 진단서는 어디 가서 말만 하면 떼
주는 거 가지고…….

제가 서울에서 근무하다가 여기 가평으로 왔습니다.
안양에서 여기까지 88킬로, 두 시간 30분 매일 출근
했습니다. 그렇게 반년을 출퇴근하다 보니 허리가
나갔어요. 입원도 통원 치료도 못 하고, 병가신청도
처리가 안 됩니다.

안 돼요.

그래도 어떡합니까. 아파서 견딜 수가 없었어요.

결국 결근이네요.

2012년 12월 해임. 사유: 직무명령 불이행과 무단결근.

저 결국 학교 자퇴원서 냈어요.

엄마 울 거 없어. 검정고시 치면 돼.

으으…… 속이…….

당신, 왜 자꾸 긁어? 아토피야? 집 샀어? 새집 지었
어?

숨이……!

백두대간 종주했습니다. 다 끝내고 나니 돌아오기가
싫더군요.

홍 박사님, 저 오늘 저녁밥을 먹다가 갑자기 숨이

안 쉬어지는 거예요. 한 5분 버둥거리다가⋯⋯. 지금도 숨이 가쁘고, 심장이 두근거리고⋯⋯.

산티아고 순례길을 걷고 왔습니다. 벨기에에서 온 할아버지가 당신네 나라엔 걸을 데가 없냐고, 왜 여기까지 걸으러 왔느냐고 하더군요.

대학요? 대학을 가라구요? 제가 석사학위까지는 있어요.

자전거로 전국순례를 나섰다가 90킬로 만에 자전거 차에 싣고 돌아왔습니다.

아아, 대학병원 가라구요. 응급실이오.

7.

어깨가…… 뻐개지는 것 같아.

눈이 뻑뻑해, 모래가 낀 것같이…….

숨이, 아파.

공기가 쇳조각처럼…… 목을 긁고 폐를 찔러.

식도가 너무 뜨거워. 불에 녹아내리는 것 같아.

큰 소리를, 쇳소리를 들을 수가 없어. 헤비메탈, 꽹과리 소리……. 소리가 심장을 쥐어짜.

고속도로가 무서워. 지하철이 무서워. 너무 빨라, 속도를 견딜 수가 없어.

찬 바람이 칼날 같아…….

우리 읍장님. 나이 서른에 9급으로 시작해가 20년 만에 4급 승진해서 읍장으로 왔지예. 야무지고, 근검 절약이 몸에 배어서 아랫사람들한테도 잔소리가 보통이 아닌 기라예. 사무물품 허투루 쓰면 호통이 터지고, 회식에서 안주 추가시키면 다음 날 조용히 불려 가지예. 하루는, 주말에 전 직원이 산엘 갔지예. 점심으로 김밥을 나눠주는데예, 남자는 두 줄, 여자는 한 줄을 주는 기라예. 이게 뭐 여성비하맨인지 여혐의 끝판왕인지……. 속에서 화악 올라오는 거 있지예. 산에서 내려올 때 본께, 김밥이 이만큼 남은 기라예. 그런데 그걸 읍장이 주섬주섬 다 챙겨 간다 아입니꺼.

이제는 말할 수 있다. 그래도 되니까.

군대 얘긴데, 훈련소 나와 처음 맡은 게 그러니까, M60. 조수하다가 바로 사수로 올라갔지요. M60 몰라요? 보병부대 총기 중엔 젤 센 건데……. 람보, 실베스타가 한 손으로 들고 다다다다 하던 거. 폼 나잖습니까. 그런데 첫 훈련 나가서 폼 나게 쏴볼라 하는데 별안간 실탄이 약실에 걸리면서……. 어우, 식겁했죠. 그 뒤로도 한 발 나가고 고장 나고, 두세 발 나가고 고장 나고, 이러기를 열 차례도 더 하더라구요. 그럴 때마다, 아니 일주일에 한 번씩 제가 대대 군수과장, 중대장, 행정보급관한테 수리를 해달라고 했는데, 번번이 묵살하더란 말입니다. 그 총을 그대로 부대에 두고 제대를 했습니다.

김 언니가 그래예, 주민지원 업무하는 언니가. 늘 그
랬다꼬.

너 몰랐어? 여직원들한테는 김밥 반만 주고 나머지
는 지가 챙겨. 사무용품도 한 번 쓴 거, 볼펜이나 플
러스펜, 수성펜, 마커 검정, 파랑, 빨간색, 한 번 쓴
거 바로 서랍에 집어넣어. A4지도 밀크, 더블A 가릴
거 없이 남는 거 챙기고, 지우개도 쓴 쪽 칼로 잘라
서 모서리 각 만들고……. 가위, 커터 칼, 집게, 클립,
날클립, 클리어 파일…….

그래가, 가져갑니꺼, 집으로예?

기부해. 고아원, 청소년 특수학교, 장애인 시설, 소년
원, 여성피난처, 아파트 노인정, 노인복지회관…….

제대한 뒤에도 부대가 생각나는 거예요. 그리워서가
아니구요, 고장 난 M60이 계속 떠오르는 거예요. 후
임병이 그 총 갖고 훈련하다가 다치면 어떡하지? 오
발이라도 나서 사람 다치면 어떡하지? 난 움직이기
로 결심했어요. 국방부로 갈까? 아니 기무사로? 경
찰서로 가도 되나? 감사원은 어떨까? 정의구현사제
단? 실천불교승가단? 아름다운가게? 나는 청와대
국민신문고에 글을 썼어요. 총에 결함이 있으니 점검해주
세요. 아, 이거 직빵이데요. 부대에서 바로, 총기 고장을

확인함, 정비반에 입고 완료 답신이 온 거야. 그리고, 국민신문고에서는 이 사실 밖에 얘기하지 말라고……. 경고? 협박?

뭐, 문화상품권, 재래시장 상품권, 국립공원 출입증, 공무원연금관리공단 운영시설 이용권도 주고…….

읍장님, 임기 마치고 다른 보직 안 가고, 지방의회선거 출마해서 당선됐으예. 군의회 의원님 되셨지예. 그동안 기부하고 기증한 걸로 쌓아놓은 공덕이 있으니까 표 좀 안 모였겠으예. 불우 아동의 아버지라고, 노인정의 천사라꼬…….

중대장한테 전화가 왔어요. 한번 보자고.

네가 제대하고서도 이렇게 부대를 생각해줄 줄 몰랐다. 얼굴 한번 보자. 아님 내가 찾아갈까. 가만있자, 주소가……. 어, 여기 있다.

이 대위 군에 있을 때 별명이 독사였는데, 목소리 들으니까 온몸에 소름이 돋는 거 있죠.

그렇게 4년 지나고 읍장님, 그러니까 군의원님 다시 출마한다네요. 낙선운동 할라꼬예. 새로 읍장님 오시고, 주말 등산 갔는데, 또 여직원들은 김밥 한 줄만 주데예. 오는 읍장마다 와 이라노. 그래 본께 이거하고 사무용품하고 모아가 의원님한테 갖다주는 기라. 의원님은 그걸로 기부 봉사하고, 나 참…….
의원님 인기 좋지예. 와 안 좋겠으예. 내가 안 떨어뜨리나 바라.

다시 국민신문고에 찔렀죠.
이거 민원인한테 직접 전화하면 안 돼요.
몰랐어요. 위협을 한다거나 겁을 준다거나, 그런 의도 전혀 없었습니다. 뭐 특별한 말 없었어요. 기억도 안 나고……. 당사자한테 여러 차례 사과했어요.
또 전화를 했다구요? 민원인한테 전화하지 말라니까!
저도 사단에서 경고처분 받고, 연대장님은 정신교육 받았고……. 흑흑, 우리도 애로가 많아요.

8.

아아 그가 규이 이이아—!

어허, 움직이지 마세요. 이거 이거⋯⋯.

안 대, 모 해. 아그아에드으—!

성한 이가 하나도 없네. 정말이에요? 안 할 거예요?

아냐요. 게소 하세여. 아아 갸 그그그 꽤애애—!

아 정말, 못 하겠네. 치과 처음 오셨나!

마야여, 처아미여여.

여보, 운동이라도 나가요. 요즘 산에는 왜 안 가요?

가야지.

이따 나랑 한의원에 가봐요. 사람이 잠을 자야 버티
지. 당신 얼굴 당신이 아니야. 당신 얼굴 얼굴이 아
니야.

⋯⋯.

그까짓 자존심, 정의감이 다 뭐예요. 당신이 중하고
우리 가정이 중하지.

…….

명예훼손요? 저희가 변호사 알아보지요. 그리고 시위지원단을 만들었습니다. 김 선생님에 이어서 매일 한 시간씩 릴레이로 고용노동부 앞에서 일인시위 들어가는 겁니다.

저 때문에 괜히……. 그런다고 노동부가 움직일까요.

시민들한테 호소하는 의미도 있으니까요.

당신 증언하겠다구 했어? 사실확인서를 썼다구? 당신이 뭘 알아. 당신 그 자리에 없었잖아?

봐, 봤어. 지, 지나다가 들었어.

언제? 어디서?

어쩔 수 없잖아. 나도 살아야지. 나도 당신처럼 회사를 나가야 하나?

이사님, 결재 왜 안 해주시는 겁니까?

…….

조 대리, 결재 왜 안 올리는 거야?

…….

차라리 해고됐을 때가 마음은 편했습니다.

역시 독하다. 끈질기다.

다시 오고 싶었을까. 저런 취급을 받으면서 저 자리
에 앉아 있고 싶을까.

결재 안 될 거면 반려를 하든지, 씨팔!

이봐, 이사님한테 너무 심한 거 아니야? 다 이유가
있어서 그러실 거 아니야!

감사원에서 파면되고 2개월간 감옥에 들어갔습니다.

요즘엔 학습지하고 휴대폰 영업을 하고 있지요.

국민권익위원회, "모든 징계 취소, 원상회복" 명령.

됐다!

KT, 행정소송 제기, 고법 항소.

행자부에서 나를 다시 고발했어요. 관내 업주들한테
뇌물을 받았대요. 업주들이 다 진술했다고. 진술서
가 쉰 장이 넘는대요. 업주들이 왜 그럴까요? 나를
왜, 언제 봤다고 뇌물을 줬을까요?

동료들은 제대로 증언해주겠지.

재판? 너무하네. 회사를 한번 이겨보겠다!

그래도 그동안 녹을 먹던 회사에 이럴 수가 있어?

고발인, 연속된 승진 누락에 불만 품었던 듯

신경정신과 병원엘 자주 다녔다네요.

고발인, 시민단체의 조직적인 후원과 지시에 따라 움직여

그렇지. 순수하지가 않아.

알고 보니 통합진보당 후원자

통진당 출신이래.

그럼 뻔하잖아. 이거 지령받은 거네.

난 종북이 정말 있나 했어. 종북이 대체 뭔가 했다니까.

2016. 1. 대법원에서 최종 승리.

아아, 허리!

2016. 2. KT, 내부고발 노조원 서울 원효지사로 발령.

나야. 아직 안 잤네. 음, 한잔하고 들어가는 길이야. 요즘 보니 얼굴이 안됐어. 나 진심으로 우정을 갖고 얘기하는데, 이쯤에서 그만둬. 포기해. 미안하지만 그래 줘.

김 선생 얼마 못 갈 것 같아. 배가 빵처럼 부풀었더라고. 후회하지 않냐고 물었더니, 아니요. 깔끔하게 해치우지 못한 게 한스럽다고…….

당신 몸이나 챙겨요.

내 몸이 뭐…….

사거리 마트에서 내일부터 나오래요.

그거 힘들 텐데.

그럼 뭐라도 해야지 어떡해.

41명의 증인 모두 증거 사실 부인

다 동료들인데. 함께 일하던 동료들이었는데. 어떻게
단 한 명도 사실을 말하는 사람이 없어!

당신 그거 까발릴 때 사무실 복사기 썼지? 컴퓨터도
당연히 썼을 테고.

그거 횡령이야.

공적 물품 장비의 사적 용도 사용 해고 사항

문구점에서 복사했다고? 그럼 공문서 무단 반출이
지.

대법원, 고발인 해고무효소송 승소 파기환송.

고발인 《뉴욕타임즈》 인터뷰

나는 다시 그 일을 하겠지만 똑같은 상황에서 내 자
녀나 친구들에게 나처럼 하라고 부추기지는 못할 겁
니다. 치러야 할 대가가 너무 큽니다.

그때로 돌아간다면 결코 공익제보는 안 할 겁니다.
주변에서 공익제보 한다고 하면 말리고 싶습니다.

9.

널 보면 굽은 거울을 보는 것 같아. 너는 빛나는 영
웅이지만 내 모습은 일그러져 있어.

그렇지 않아.

너는 그 길로 갔고 나는 주저앉았지. 너는 나의 수
치심을 비춰줘.

그렇지 않아.

넌 나의 무력감을 보여줘. 넌 나의 죄책감을 일깨워.

넌 영웅이 됐지만…….

그렇지 않아!

넌 영웅이 됐지만 난 가슴에 못이 박혔어.

…….

이 가슴의 녹은 영원히 남을 거야.

…….

신트림이 나구요, 명치께가 쓰리고 뜨겁고, 더부룩
하고…….

승소한 사례 한둘이 아니에요. 좀 더 버텨보자구요.

역류성 식도염입니다. 술 끊고, 담배 끊고, 커피 끊고…….

넥시프라 정 20밀리그램

리버티 정 5밀리그램

이토라이드 정 10밀리그램

아침, 저녁 1회씩

이 소송 언제 끝날까요. 왜 재판은 자꾸 미루는지…….

백스물일곱 번째 이력서. 블랙리스트가 돌아서 인제 이 직종은 끝이여. 갈 데가 없어요. 택배 쪽이나 알아볼까. 변호사비 벌어야 허는데 이 나이에 혈 줄 아는 거이 있어야지.

변호사비? 난 내가 법전 뒤져서 해요. 준비서면 같은 것도 내 손으로 다 써요.

택배 그것도 꾸준하게 일해야지, 시위 나간다, 재판 나간다, 뭐 한다 해서 빠지고 나면…….

몇몇이 그룹으로 일하기로 했어. 바쁜 사람 몫은 서로 채워주기로.

각각 하는 일도 감당 못 할 텐데 그룹으로 커버를

해줘?

저 이제 시민단체에서 일합니다. 벌이는 없어도 보람 있습니다……. 벌어야죠.

맏이는 또 휴학했어. 군대 간대.

저는 학교 다녀요. 한의학과요. 졸업하면 쉰이 다 되지만…….

저 결국 자퇴하고 검정고시 치고 대학 갔어요. 대학 생활도 순탄치는 않았어요. 지금요? 과외 하고 뭐…….

전 복직 포기하고 특수학교에 갔어요. 장애아 학교요.

교회 안 나가요. 성당요? 거기가 거기예요. 난 무신론자가 됐어요. 마음…… 안 편해요.

인권위원회에 군무 분야 담당관으로 들어갔습니다. 잘됐네요. 지난날을 경험 삼아 일하시면…….

거기도 눈치 보고 가리는 게 많습니다. 결정적인 순간에는 멈칫하고 뒤를 돌아봅니다.

대법원에서 유죄취지로 파기환송 하지 뭡니까. 그런데 고법에서 재판이 안 열리네요. 이제 4년째입니다.

또 이사 갑니다. 돈암동에서 사당동으로, 거기서 다시 광명으로, 이번엔 군포로……. 서울에서 멀어지니까 제 일도 점점 잊히는 것 같아요.

학교가 없어졌는데 교육청이 우리 네 명 공립 특채

를 계속 거부해요.

해당 교사들이 공익제보를 했건 하지 않았건 방침
은 이미 정해졌대요.

내부비리 고발에 재갈을 물리려는 거죠.

대기업 상무 했던 사람이 고깃집 했다가 털어먹고,
치킨집 했다가 망하고…….

로펌 열었다 반년 만에 닫고, 마누라 하는 노래방
일 거들고 있어요. 도우미? 넣어달라면 구해주죠.

죽고 나서 사람들 몰려오면 뭐 하나. 김 선생, 아직
아이가 초딩이더군.

허리가 끊어질 것 같네. 그 쌍년, 다시 한 번만 걸려
봐라. 마트에서 일한다고 사람을 뭐로 보는 거야. 씨
발, 같잖은 게…….

그만둬.

그럼, 뭐라도 해야지, 씨팔, 어떡해.

당신, 욕이 입에 달렸어!

아, 씨발!

저는 도와드리려고 오시라 한 거예요. 상대를 가려
서 말씀하셔야죠.

죄송합니다. 제가 숙취가 과해 속이 안 좋았던 것

같습니다.

됐습니다. 오늘은 여기까지 합시다.

죄송합니다.

신트림이 나구요, 명치께가 쓰리고 뜨겁고, 더부룩하고…….

렉사프로 정 10밀리그램

스타브론 정 10밀리그램

아침 저녁 1회씩, 그리고 증상이 예감될 때마다…….

그러게 왜애! 그러어케 잘난 척하더니, 이게 뭐야? 집이 이게 뭐야? 말 좀 해봐아!

흐으윽!

선생님, 선생님! 여보세요, 정신 차리세요!

왜 이러지? 갑자기 어지럽고 멍하다가는 쓰러지고…….

렉사프로 정 10밀리그램

스타브론 정 10밀리그램

부작용: 집중력 저하, 기억력 저하, 환각, 비현실

감…….

어젯밤 왜 그랬어?

뭘?

왜 자다가 칼, 가위, 이런 걸 모아서 가방에 넣어?
자다가 일어나 거실에서 뛰면서 욕을 하고……. 개
애새끼! 눈깔, 눈깔! 자지를 뽑고 보지를 갈라서, 죽
인다, 내가 죽인다!

무슨 소리야? 당신 왜 그래!

약사한테 약통을 보여줬죠. 속 쓰림 약인데 왜 막 이
렇죠?

스틸녹스 졸피뎀 정 10밀리그램,

취침 전 1회,

이 약을 복용한 후 완전히 깨지 않은 상태에서 당신
이 인지하지 못하는 활동을 할 수 있으며, 밤에 했
던 행동을 다음 날 아침 기억하지 못할 수 있습니다.
공격성, 혼란, 초조 등 비정상적인 생각과 행동이 유
발될 수 있습니다.

이 약 어디서……?

10.

하악 하악……. 숨이 차서, 짐을 들고 걸을 수가 없
어. 오르막은…….

담배를 끊어.

벌써 끊었지. 그래도 가슴이 아파. 숨이 가쁘고, 가래
가 끓고…….

병원에선 뭐래?

뭘 뭐래…….

회사 다니던 기억도 까마득한데, 파면처분 취소소
송, 난 아직도 거기 매달려 있네.

누굴 기다리는지도 모르면서 기다리는 사람, 기다리
는 사람 얼굴도 모르면서 기다리는 사람…….

민 선생 부인이 목을 맸어. 아들이 제대해 집에 돌아
오는 날. 다행히 목숨은 건졌는데, 아직 혼수상태래.

여보…… 여보……. 어디 갔지? 얘야, 막내야아!

고법 무죄 확정

뒤집혔다, 뒤집혔다!

대법원 환송심 재판부 결정 유지 확정

만세!

아아, 살려줘. 이거 빼줘. 잘못했어, 살려줘!

어어, 머리가, 머리가……!

어어어, 바닥이 왜 이래, 저 벽이 쏟아지네!

어어, 심장이……!

귀가, 귓속에 쇳물이……!

헙, 헙, 숨을……. 헙……!

내,

다,

내가,

다시,

되돌릴 수 있다면, 시간을 되돌릴 수 있다면!

되돌릴 수 있다면?

다시는 그러지 않을 거야.

다시는?

그렇지만 어떻게 해야 되돌릴 수 있지? 이 팔을 떼
어주면? 이 한쪽 눈을 뽑아주면?

……그걸로도 되돌릴 수는 없지.

허억, 허억, 나는 후회하진 않아.
그렇게 아파도?
……사실은…… 모르겠어. 모르겠어.

대법원 유죄취지 파기환송 후 4년. 파기환송심에서
도 무죄판결. 그런데…… 검찰 재상고. 그리고 마침
내…….
대법원 승소 확정
여기까지 12년. 하지만 이게 끝이 아닙니다. 저를 파
면한 감사원 결정을 인정한 법원 판결, 그거 되돌려
야지요. 다시 시작입니다.

차라리 패소라도 했으면, 그렇게라도 이게 끝났으
면…….
아아아아아— 이젠 놓을래. 이 목숨 놓을래.

돌아보면 내 삶은 하나의 긴 사건하고 겹쳐 있어. 이
제 그 사건이 끝나가네. 내 삶도 끝나가겠지.

이기기 위해서?

그게 정의라서?

그냥 해야 했기 때문에……. 이겼어, 겨우, 그 모든 걸 바치고.

그렇지만 내가, 나를 승자라고 할 수 있을까. 나는 드물게 운이 좋았던 건 아닐까?

졌어.

빈 들판처럼 커다란 이 패배.

이젠 놓아야지.

이젠 거기 누워야지.

난 다 놓았어.

뭘?

다.

다?

의문도, 집착도, 후회도…… 목숨도.

목숨도?

그러니까…….

음.

이제 편안해……!

우물 속에 달이 밝고 구름이 흐르고 하늘이

펼치고 파아란 바람이 불고 가을이 있고
추억처럼 사나이가 있습니다.

편안해.

리뷰

'알고 싶어요'와 '알 수 없어요' 그 사이의 세계

　　박상현의 희곡은 낯설다. 그래서 그의 작품을 읽을 때마다 예외 없이 하게 되는 질문이 있다. 희곡은 무엇이고 연극은 또 무엇이며, 우리는 왜 희곡을 읽고 연극을 보는 것인가. 이렇듯 박상현의 희곡은 극예술에 대해 우리가 가지고 있는 상식을 의심하게 한다.

　　"나는 알고 싶었어요. (……) 만해 한용운 님의 시처럼, 알고 싶어요." 「사이코패스」에 나오는 이 대사는 작품 속 맥락과 별개로 박상현의 희곡들이 우리가 사는 세계에 대해 어떤 태도를 보이는지 시사하는 듯하다.

　　극예술의 기본은 모방이다. 극작가는 현실 세계를 모방하고, 그 세계를 살아내는 인간과 그의 행동과 그로부터 비롯되는 상황을 모방한다. 극은 모방이라는 장치를 통해 이 세계가 어떤 논리로 이루어졌고, 어떤 내적이거나 외적인 오류로 인해 인간이 고통을 겪게 되는지 납득 가능한 방식으로 보여주는 역할을 한다. 그리고 이를 수행하기 위해 매우 단단하고 효과적인 전략인 인과율의 원칙에 기반한 플롯을 사용해왔다. 플롯은 그럴 수밖에 없는 인물 행동의 당위와, 그렇게 될 수밖에 없는 상황의 필연성을 우리에게 이해시키고 설득하려 한다. 한 편의 극을 읽거나 본 우리는 하나의 세상을 이해했다는 만족감을 얻는다. 극은 인간의 알고자 하는 욕망과 알 수 있다는 믿음, 그리고 극이라는 매개체를 통해 이 세상을 이해할 수 있는 것으로 만들겠다는 의지에 대한 증거인 셈이다.

"'알 수 없어요'. '알고 싶어요'는 이선희."(149쪽)

그런데 박상현의 희곡에는 우리에게 익숙한 플롯이 보이지 않는다. 플롯이 보이지 않는다는 것은 극이 전개되는 논리가 보이지 않는다는 것이다. 알기 위해서는 왜 그렇게 됐는지가 보여야 할 텐데 박상현은 '왜'를 명확하게 제시하기를 거부한다. 그런 면에서 그는 참 불친절한 작가다, 라고 단정 지으려는 찰나, 머뭇거리게 된다. 불친절한 건 작가인가, 아니면 그의 눈에 비친 이 세계인가. 등장인물이 왜 그런 행동을 하는지, 상황이 왜 그렇게 될수밖에 없는지에 대한 이유를 속 시원하게 설명해주지 않지만, 그렇게 납득할 수 없는 행동과 상황은 한 작품 안에서 여러 인물을 통해 반복되고 있기 때문이다. 박상현의 극에는 전통적인 플롯이 없는 대신 '반복'과 '변주'라는 다른 구조가 악보처럼 명확하게 존재한다. 그리고 그 속에서 하나의 세계가 어지럽게 모양을 갖춘다.

이런 구조는 특히 「사이코패스」와 「치정」에서 두드러지게 나타난다. 「사이코패스」는 명보라는 연쇄살인마의 서사를 느슨한 축으로 두고 정치, 재벌, 조폭에서 지역사회에 이르기까지 카르텔로 엮인 한국의 기괴한 모습을 보여주고 있지만, 형식적인 측면에서 더 눈에 띄는 것은 김소월의 시 「엄마야 누나야」가 일종의 라이트모티프가 되어 여러 장면에 걸쳐 서로 연결되지 않은 각기 다른 인물들의 각기 다른 회고로 변형되어 드러나고 있는 점이다. 일반적으로 어떤 사건이 반복적으로 묘사되면 그 실체가 분명해질 텐데, 여기서는 그 반대다. 모티프가 반복되는 과정에서 주체도, 대상도, 행동도 계속 뒤바뀐다. 마치 돌림노래처럼 어느 순간 '가사'는 들리지 않고 끝없이 반복되는 어지러운 멜로디만 남아서 떠돈다. 그리고 그 과정에서 극중 인물과 행동은 악보의 음표처럼 축소된다. 그런데 이 극에서 축소는 곧 확장이기도 하다. 해서, 극 초반 단일한 인물로 비추어졌던 명보라는 사이코패스 연쇄살인마는 이름을 달리한 수많은 사이코패스로 분신(分身)하고 강간 피해자로 묘사된 명보의 누이는 수많은 피해자의 대변인으로 모습을 드러낸다. 이들이 출현하고 사라지는 데는 음악적 모티프만 작용하며, 소위 드라마적 개연성이나 필연성은 보이지 않는다. 음악의 청자는 전개의 이유를 필요로 하지 않지만, 극의 독자는 이유를 찾으려 한다. 그런데 그의 앞에 펼쳐지는 세계에는 그 이유가 설명되지 않는다. 그것이 박상현의 극 세계라면, 아마도 그건 극작가 박상현의 눈에 비친 현실 세계의 모습이 아닐까. 납득 가능하지 않은 일들이 이름과 모습만 바꾸어 난립하는 기괴한 세계. 그렇다면 제목 '사이코패스'가 지칭하는 것은 단지 극중 '명보'들에 국한되는 것이 아니라 이 세계 전체, 혹은 자체는 아닐까.

「치정」에서도 「사이코패스」와 마찬가지로 비플롯적 서사 구조를 발견하게 된다. 「사이코패스」가 음악적 구성을 따른다면, 타블로로 시작해서 댄스 강습으로 끝나는 「치정」은 회화적 구성이 두드러진다. 1954년부터 근미래까지, 정비석의 소설부터 인터넷 공간까지의 시간과 공간 속에서 펼쳐지는 치정의 장면들은 각각 전혀 다르지만, 이상하게 참 닮아 있다. 사적이고, 내밀하고, 격정적인 동시에 무정하고, 지극히 이기적이면서, 잔혹하며, 모두 칼부림으로 끝을 맺는다. 다른 장면에는 여행용 가방이 버티고 있다. 가방을 둘러싼 인물이 달라지고 사연이 달라지면서 가방 안에 담겨 있을 것으로 추정되는 내용물도 아마 달라질 것이다. 사건의 전개는 크게 다르지 않다. 「사이코패스」가 무한히 확장되는 돌림노래 같다면, 「치정」은 살인이라는 단일한 모티프로 수렴

되는 난잡한 콜라주 같다. 한 장면이 불편해서 눈을 돌리면 그에 못지않은 잔인한 살인 이야기가 기다리고 있고, 그 이야기가 이해되지 않아 다른 장면에 도움을 청하고자 하면 더 불가해한 칼부림이 버티고 있다. 가까이 볼수록 안 보이고, 자세히 볼수록 모르겠다. 이렇게 납득 불가능한 잔혹한 그림 조각들은 그러나 전체로는 하나의 형체를 이룬다. 등을 보이고 무언가를 열심히 자르고 썰고 하는 누군가. 극의 마지막 장면에서 모두가 춤을 출 때 콜라주는 완성되고, 거기서 우리는 우리의 현실 세계가 애써 감추고 있는 매우 불편하고 잔인한 광기를 발견하게 된다.

앞서 언급한 두 작품에 비해 「고발자들」의 극 형식은 훨씬 정제된 느낌이다. 「사이코패스」와 「치정」이 작정하고 시청각적인 과잉을 선택했다면 「고발자들」은 절제를 택하고 있다. 그래서 더 직설적이다. 우리 시대의 공익제보자들의 이성적 갈등과 정신적, 육체적 고통을 응시하고 있는 이 작품은 무엇보다도 현실의 '사실성'에 근거하고 있다. 작품에 나오는 인물들은 실제로 존재하는 사람들이고, 그려지는 상황들 역시 실제로 증언된 내용을 벗어나지 않는다. 그러나 희곡 「고발자들」은 현실의 '진짜'들을 연극에서 이야기하는 방식에 대해 고민한다. 미세하고 정교하게 그것을 해부하고 연극으로 복원했을 때 드러날 이야기의 크기에 대해 고민한다. 『시학』이 여전히 유효하다면, 개별적인 사실들보다 연극적 허구가 더 보편적일 수 있어야 할 것이다. 작품은 그런

면에서 앞선 두 작품과 마찬가지로 인과율의 원칙을 과감히 위반함으로써 보편에 접근하고자 한다. 이름을 지우고, 인물과 그의 상황의 이음새를 흐릿하게 만들고, 역시 직선적인 서사를 포기했다. 남은 것은 '말'이다. 실제 발화되고 기록된 말들이 상상의 말들과 만나 강력한 수렴성과 무한한 확장성을 동시에 지닌 연극의 말로 다시 존재하게 된다. 남아 있는 말들은 태초의 발화자와 결별함으로써 내용을 달리하는 또 다른 무수한 고발자들과 그들의 말과 만나고 번식할 가능성을 낳는다. 구체적인 시간과 장소와 주인을 떠난 말들은 희곡 「고발자들」 속에서 더 강력한 호소가 되고 더 큰 보편성에 접근한다.

네 편의 희곡 중 가장 최근 작품인 「오슬로에서 온 남자」는 「고발자들」보다도 더 덜어내어 이제는 시와 비슷한 모습을 보이기까지 한다. 독립된 다섯 개의 덩어리로 구성된 이 작품은 자의 혹은 타의로 자신의 땅을 떠난, 그래서 자기 자리를 확인하지 못하는 사람들을 그리고 있다. 작가는 무언가를 말해야 한다는 강박마저도 내려놓은 것처럼 고요하고 담담하게 떠난 이들의 모습을 응시하고 그들의 이야기를 듣는 게 전부다. 하지만 이는 오히려 가장 적극적인 작가적 선택인 것 같다. 이러한 태도로 인해 작품의 말에 힘이 실리고, 말로만 이루어진 그들이 모습이 더 선명해지는 효과를 만들어내기 때문이다. 이 작품에서도 역시 이름지우기가 이루어지고 있는데, 무슨 이유에서인지 「고발자들」에서 보다 그 익명성이 더 선명하게 인식된다. 그것은 이 작품에서 이루어지고 있는 또 다른 지우기 작업 때문일 것이다. 작가는 이름을 지우는 데 그치지 않고 인물의 개성조차 최소한만 남기고 지워낸다. 사람과 사람 사이의 관계도 옅어지고, 사람과 장소 사이의 관계도 지워진다. 그 과정에서 드러나는 것은 타자화되고 있는 '우리'의 모습과, 우리가 타자화하고 있는 '그들'의 모습이다. 그렇게 뿌리를 상실한 채 부유하는 현대인의 자화상이 남는다.

하지만 다른 작품들과 달리 「오슬로에서 온 남자」는 알고 싶지만 알 수 없는, 불합리하고 부조리한 세계에 대한 이미지를 그려내는 것으로 그치지 않는다. 유일하게 이름을 가진 두 사람에 눈이 간다. 자신을 버린 나라로 돌아온 해외 입양아와 혼혈인이 그들이다. "돌아가야 한다는 것 알겠는데 그곳이 어디인지는 모르겠어요. 제가 온 곳으로? 그곳이 어디일까요"(71쪽)라고 묻는 편지를 남기고 답을 주지 않는 이곳에서 생을 마감한 자에게 두 개의 이름이 있다는 것은 그의 머무를 곳 없는 상태를 확인시켜 주는 것 같아 비극적이지만, 동시에 그에게 이름을 줌으로써 한때 아이 수출국이었던 한국의 부끄러운 어제를 아프게 각인시킨다. 그리고 타인 속에서 가족을 찾는 혼혈인 띠하의 말로 작품을 맺음으로써 「오슬로에서 온 남자」는 미약하게나마 타자들 간의 연대와 자기 자리를 확인할 가능성을 보여준다.

박상현의 희곡은 '알고 싶어요'에서 시작해 '알 수 없어요'를 거쳐 다시 '알고 싶어요'를 향하고 있다. 그런 면에서 그가 익숙한 극의 구조를 거부하는 것은 단순히 극작상의 전략을 넘어 독자에게, 그리고 관객에게 건네는 정성스러운 질문으로 느껴진다. 희곡은 무엇이고 연극은 또 무엇이며, 우리는 왜 희곡을 읽고 연극을 보는 것인가. 우리는 이 세계를 도대체 어떤 방식으로 이해할 수 있는 것이고, 거기에 극은 어떤 역할을 할 수 있는 것인가.

손원정(연극연출가)

[표지 세로글씨] [디자인 : 플레이]   사이프레스

초판 1쇄 발행 2024년 8월 30일

지은이   박상현

펴낸이   김태형

펴낸곳   제철소

등록   제2014-000058호

전화   070-7717-1924

전송   0303-3444-3469

전자우편   right_season@naver.com

인스타그램   @from.rightseason